KB234577

원더랜드 대모험

원더랜드 대모험

이진 장편소설

비룡소

먼 곳에서부터 폭죽 터지는 소리가 들려왔다. 내 앞으로 덩치 큰 아저씨가 어깨에 둘러멘 큰북을 두드리며 걸어갔다. 큰북이 둥둥 울릴 때마다 개미 떼처럼 무리 지어 움직이는 수많은 어른들의 머리 위로 붉고 하얀 깃발이 너풀거렸다. 자기 키보다 훨씬 큰 깃발을 흔드는 아저씨의 걷어붙인 팔뚝은 새까맣게 타 있었다.

잠깐 쭈그려 앉아 있었다고 금세 종아리를 타고 쥐가 올라왔다. 언제까지 걸어갈 작정이야? 처음에는 재미있으려나 싶어서 쫓아왔는데 재미는 개뿔. 배는 고프고 다리는 아프고. 후딱 끝내고 집에 가는 길에 뽑기나 사 먹고 싶다. 나는 동생의 손을 붙들고 일어나 어른들을 쫓아 걷기 시작했다. 어른들은 목에 핏대를 세우며 한목소리로 소리치고 노래 불렀다. 나는 아랫배에 힘을 꽉 주고 힘껏 외쳤다.

"엄마!"

내 목소리는 북소리와 노랫소리에 부딪혀 허망하게 사라졌다. 내 귀에도 잘 안 들리는데 엄마 귀에 닿기나 할까. 그래도 한 번 더 엄마를 부르는 수밖에 없었다. 두 번, 세 번, 네 번째로 엄마를 부르려던 찰나 사람들의 물결 사이로 엄마의 뒷모습이 나타났다 사라졌다. 엄마다! 나는 엄마를 놓치지 않으려고 두 눈을 크게 뜨고 열심히 걸었다. 하지만 채 열 발자국도 못 가서 동생의 걸음이 점점 느려지기 시작했다. 동생은 내 소맷자락을 붙든 채로 바닥에 쭈그리고 앉았다.

"야, 너 또 왜 그래?"

"오빠, 나 업어 줘."

"이게, 나도 힘들거든?"

동생은 쭈그려 앉은 채 나를 빤히 바라보며 대꾸했다.

"안 업어 주면 엄마한테 이를 거야."

망할 계집애. 나는 어쩔 수 없이 동생을 들쳐 업었다. 나랑 두 살 터울인 동생은 가로 세로 둘 다 내 덩치의 절반밖에 안 되어서 다들 대여섯 살은 차이가 나는 줄 알았다. 동생 가슴과 맞닿은 등으로 육교 위에서 파는 백 원짜리 병아리처럼 가쁘게 팔딱이는 심장 박동이 전해졌다. 그 끊어질 듯 말 듯한 느낌이 무섭고 싫어서 나는 일부러 툴툴거렸다.

"드럽게 무겁네."

"뭐? 거짓말하지 마!"

동생이 내 머리카락을 콱 움켜쥐었다. 이놈의 계집애를 확 땅바닥에다가 내던져 버릴까. 그랬다간 엄마한테 맞아 죽겠지. 동생을 업고 걸어가자 한동안 색색거리며 할딱이던 동생의 숨결이 조금 차분해졌다. 넌 좀 살겠냐? 난 아주 죽겠다.

"오빠, 저기 폭죽 날아간다!"

무심코 고개를 들자 먼 하늘을 가로질러 기다란 포물선을 그리며 날아가는 폭죽이 보였다. 새하얀 연기가 포물선을 따라 퍼져 나갔다. 마치 발사하자마자 추락해 버린 챌린저호 우주선 같았다. 폭죽은 어딘가에 떨어졌고 곧바로 다른 폭죽들이 하늘에 하얀 연기를 흩뿌리며 날아갔다. 나는 눈을 부릅뜨고 불꽃을 기다렸다. 하지만 커다랗고 화려한 불꽃은 하늘 어디에도 나타나지 않았다.

"이번에도 불발탄이잖아?"

나는 혀를 찼다. 동생이 내 등 위에서 맞장구를 쳤다.

"저 폭죽 회사 공장은 순 불량품만 만드나 봐."

"공장장이 등신인가."

그래, 공장장이 등신이 아니고서야 매번 저럴 수는 없지. 동생과 내 소원은 불꽃놀이 구경을 해 보는 것이었다. 텔레비전으로만 봐도 끝내주는 불꽃놀이를 두 눈으로 직접 본다면 얼마나 멋

있을지 상상도 가지 않았다. 처음 여기 쫓아 나와서 폭죽 소리를 들었을 때는 드디어 진짜 불꽃놀이를 보는구나 싶어 가슴이 터질 것 같았는데 웬걸, 폭죽이 전부 불량품이었을 줄이야.

큰북 소리가 멎었다. 어느 순간 휘날리던 깃발이 멈추었고 사람들이 일제히 멈추어 섰다. 겨우 몇 초 동안이었지만 수많은 사람들이 동시에 만들어 내는 정적에 숨이 턱 막혔다. 곧 큰북이 다시 둥둥거리기 시작했고 징과 장구 소리가 신나는 리듬으로 북소리의 뒤를 좇았다. 나는 발뒤꿈치를 힘껏 들어 올리며 등 위의 동생에게 물어보았다.

"야, 아빠 나왔어?"

"아니, 아직."

사람들 무리 앞에 마련된 높은 무대 위로 각시탈과 하회탈을 쓴 아저씨들이 올라왔다. 아저씨들은 장구 소리에 맞추어 탈춤을 추기 시작했다. 사람들은 웃음을 터트리며 손뼉을 쳤고 동생은 신이 나서 엉덩이를 들썩였지만 내 눈에는 춤사위를 따라 휘날리는 도포 자락의 끄트머리만 얼핏 보일 뿐이었다. 답답해서 죽을 노릇이었다.

탈춤 공연이 끝나자 사람들은 일제히 노래를 부르기 시작했다. 앞서 있던 엄마도 목청을 높여 노래를 따라 불렀다. 합창이 끝나고 북소리가 멎었다. 잠깐 동안의 고요함을 깨고 동생이 외쳤다.

“아빠 나왔다!”

어디? 어디? 나는 목을 빼고 아저씨들 틈바구니를 열심히 쳐다보았다. 무대 위로 올라간 아빠가 얼핏 보였다. 하얀 마스크를 쓰고 있었다. 아빠는 마스크를 턱 밑으로 내리고 목청을 가다듬으며 아, 하고 입을 열었다. 그 순간.

끼이이이이익! 고막을 찢을 듯한 기계 소리가 울려 퍼졌다. 아빠는 머쓱해져서 물러섰고 어떤 아저씨가 황급히 뛰어 올라와 마이크를 살펴보았다. 불쾌한 기계 소리가 멈추자 아빠는 다시 마이크 앞에 섰다. 동생과 나는 기대에 차서 아빠를 바라보았다. 무대 위에서 노래자랑이라도 하려나 보다. 아빠는 무슨 노래를 부를까? 아빠의 십팔번인 ‘촛불’을 부를까, 아니면 가끔 소주 한 잔 하고 부르는 ‘허공’ 일까.

퍽, 퍽, 퍽, 폭죽이 연달아 터졌다. 이번에는 제법 가까운 곳이었다. 목이 빠져라 하늘을 쳐다보며 기다렸지만 역시나 불꽃은 커녕 불똥 비슷한 것도 보이지 않았다.

“아 뭐야, 또 불량…….”

다음 순간, 가만히 있던 사람들이 일제히 움직이기 시작했다. 뒤에서 덩치 큰 아저씨가 내 등을 거칠게 밀어젖히고 앞으로 뛰쳐나가는 바람에 하마터면 동생을 업은 채 아스팔트에 얼굴부터 박을 뻔했다. 나보다 훨씬 큰 어른들에게 이리저리 부딪히고 휘둘려 정신이 하나도 없었다. 나는 죽을힘을 다해 동생을 붙들고 엄마를 불렀다.

"엄마, 엄마 어디 있어, 엄마!"

함성과 욕설과 발소리와 사방에서 터지는 폭죽 소리가 한데 뒤엉켜 내 목소리를 잡아먹었다. 걷잡을 수 없는 두려움이 밀려왔다. 도대체 엄마는 어디 있는 거야? 앞으로만 밀고 나가던 사람들 중 몇몇이 방향을 바꾸어 뒤로 뛰기 시작했다. 목이 터져라 엄마를 불렀지만 소용없었다. 그러자 동생이 내 머리 위에서 찢어지는 비명을 올렸다.

"엄마아!"

인파에 뒤섞여 그대로 사라져 버리나 싶었던 엄마가 한순간 거짓말처럼 우리 쪽을 돌아보았다. 내가 몇 번이나 불렀는데도 전혀 알아채지 못했던 엄마가. 동생은 내 머리카락을 마구 잡아당기며 악을 썼다.

"엄마! 여기!"

엄마는 뒤돌아서 달려와 내 등에서 동생을 빼앗아 한 팔에 안고 나머지 손으로는 내 손을 단단히 붙들었다. 동생은 엄마의 목에 원숭이처럼 매달려서 물었다.

"엄마, 폭죽이 왜 안 터져?"

지금 그게 문제냐? 쏘아붙이려는데, 갑자기 엄마가 날카롭게 소리쳤다.

"뛰어!"

우리는 동시에 뛰기 시작했다. 커다란 깃발이 태풍에 휘말린 것처럼 미친 듯이 너풀거렸다. 우리는 사방으로 흩어지는 사람들 사이로 지그재그로 뛰었다. 어떤 아줌마는 뛰다가 두 발이 엇갈려 아스팔트 바닥에 얼굴을 박으며 넘어졌고, 뒤따라 달려오던 아저씨가 넘어진 아줌마 위를 올림픽 육상 선수처럼 펄쩍 뛰어넘었다. 사람들은 하나같이 팔뚝이나 수건 같은 것으로 코와 입을 틀어막고 있었다. 마구 뛰는 사람들 중에서 우리 엄마가 단연 제일 빠르고 날쌨다. 엄마는 양팔에 동생과 나를 하나씩 매달고서도 전혀 뒤처지지 않았다.

"으악!"

엄마 품에 안긴 동생이 비명을 내지르더니 제 눈을 손등으로 미친 듯이 비비며 울음을 터트렸다. 왜 그래, 하고 동생을 쳐다보는 순간 두 눈알이 죽도록 아리며 도저히 눈을 뜰 수가 없었다. 콧물이랑 눈물이 멈추지 않고 줄줄 흘러내렸다. 얼굴에 대고 고춧가루를 한 움큼 뿌려 넣은 것 같았다. 엄마도 아빠도 어른들도 가시탈도 하회탈도 다 함께 눈물 콧물을 줄줄 흘리며 쥐 떼처럼 사방팔방으로 흩어져 뛰었다. 터지지 않는 폭죽 소리는 멈추지 않고 사람들의 뒤를 바짝 쫓아오고 있었다.

1

엄마의 편지

"야! 거기 족발 안 치워?"

운동장에 노란 흙먼지가 피어올랐다. 버럭 고함지르는 내 얼굴을 알아본 2학년들이 바퀴벌레처럼 뿔뿔이 흩어져 달아났다. 녀석들이 들여다보고 있던 것은 귀퉁이가 너덜거리는 신문 쪼가리였다. 우리는 흙먼지를 뒤집어쓴 채 운동장 한복판에 주저앉아 신문을 들여다보았다. 일주일에 한 번 학교에 들어오는 폐지 트럭이 떨어트리고 간 스포츠 신문이었다. 한자투성이인 보통 신문과는 다르게 스포츠 신문은 인기 탤런트나 가수의 컬러 사진이 실렸고 덤으로 성인 만화도 볼 수 있어서 재미가 쏠쏠했다. 하지만 그날 우리는 성인 만화가 아니라 분홍색과 보라색으로 신비롭게 빛나는 마법의 성을 찍은 대형 컬러 사진에 정신을 빼앗겼다.

동양 최고 테마파크 〈원더랜드〉 완공 초읽기

나는 빨갛고 커다란 글씨로 쓰인 헤드라인 아래로 이어지는 작은 글씨들을 손가락으로 꾹꾹 누르며 읽어 내렸다. 마법의 성 사진 아래에는 머리에 미니마우스처럼 커다란 리본을 매단 너구리들이 알록달록한 색깔의 전투기와 청룡 열차 앞에서 손을 흔드는 사진들이 실려 있었다. 내 옆에서 호준이가 쭈쭈바를 입에 문 채 황홀한 어조로 중얼거렸다.

"7월 21일에 완공이래."

은우가 고개를 끄덕였다.

"이제 한 달밖에 안 남았네."

나는 은우에게 물어보았다.

"넌 옛날에 삼촌이랑 대공원 가 봤다며. 재밌어?"

"재미는 개뿔. 하루 종일 줄만 서다 왔어. 아침 9시부터 저녁 7시까지 놀이 기구 딱 세 개밖에 못 탔다."

딱 세 개라. 난 하나라도 타 봤으면 소원이 없겠다. 원더랜드를 지어 올리는 회사는 아이들이 좋아하는 아이스크림과 과자를 만드는 제과 회사였다. 한강 남쪽의 허허벌판에 십 층이 넘는 백화점과 외국인들이 찾아오는 최신식 호텔을 연달아 지어 올린 그 회사는 이번에는 미국의 디즈니랜드만 한 놀이공원을 짓겠다고 선언했다. 원더랜드란 '모험이 가득한 꿈의 세계'라는 뜻으로, 온갖 놀이 기구는 물론 일 년 내내 축제와 공연을 보여 줄 거라고 했다.

호준이는 입에서 쭈쭈바를 빼고 한숨을 쉬었다.

"울 아빠가 전교 1등 하면 데려가 준다고 그랬는데."

만년 끝에서 3등인 호준이의 혼잣말에 절로 웃음이 터져 나왔다. 나는 호준이의 푹신한 등판을 주먹으로 푹 내지르며 비아냥거렸다.

"야, 넌 그냥 많이 처먹기 대회 나가서 1등 해라. 그게 백배 빠르겠다."

"우 씨! 나 많이 먹는 데 네가 보태 준 거 있냐?"

우리 셋 중에 제일 뚱뚱한 호준이는 몸무게 80킬로그램이 넘었다. 일 년 삼백육십오 일 불량식품을 달고 살아서 저 모양이다. 그래도 매일 불량식품 사 먹을 돈이라도 있으니 우리 셋 중에서는 그나마 사정이 나은 놈이다. 나는 무심코 발끝을 내려다보았다. 때에 절고 닳아빠진 운동화는 조금만 더 신으면 발가락이 튀어나올 것 같았다. 호준이가 멀건 물만 남은 쭈쭈바를 집요하게 빨아 대며 중얼거렸다.

"입장료 장난 아니게 비쌀 거라는데."

누가 그걸 몰라? 나는 한 팔로 호준이의 통통한 목을 확 감아

졸랐다.

"등신. 국민학생도 아니고 유치하게 저딴 데 가서 뭐 하나?"

호준이는 내 팔에 휘어잡힌 채 캑캑대며 소리쳤다.

"너도 가고 싶으면서 지랄이야!"

"그러지 마, 승협아."

별명이 선비인 은우가 나를 말렸다. 가까스로 내 팔에서 풀려난 호준이는 목을 어루만지며 중얼거렸다.

"그래도 드럽게 재미있을 거야."

"그리고 드럽게 비싸겠지."

김샜다. 우리는 발끝으로 신문지 조각이 찢어질 때까지 빙빙 돌리다가 내버리고 학교를 나왔다. 호준이가 툴툴거렸다.

"하여간 재밌는 건 다 비싸."

그러게, 재미있고 좋고 맛있는 건 죄다 비싸다. 집으로 가는 길에 빗방울이 툭툭 떨어지기 시작했다. 몇 초 지나지 않아 빗방울이 굵어지더니 사정없이 쏟아졌다. 우리는 마구 뛰어 큰길가 가게의 차양 아래로 몸을 피했다. 호준이가 의기양양하게 책가방에 꽂아 둔 비닐우산을 홍금보처럼 잽싸게 꺼내 펼쳐들었다.

"이럴 줄 알고 이 몸이 우산을 챙겨 왔지."

"오, 제법인데."

우리는 호준이의 우산 아래로 몸을 욱여넣었다. 우리 셋 중에서 키가 제일 큰 내가 우산을 높이 쳐들었다. 하지만 우산 하나로 우리 셋을 가리기에는 턱도 없었다. 우산 밖으로 비어져 나온 책가방이 순식간에 푹 젖었지만 머리라도 가릴 수 있는 게 다행이었다. 우리는 비닐우산 아래에서 발맞추어 집으로 향했다.

우리 동네는 큰길가에서 쑥 들어간 골목길에 있었다. 좁다란 골목길로 오 분 정도 걸어 들어가면 제일 처음 호준이네 집이 나왔고, 오 분 정도 더 깊숙이 들어가면 은우네 집이 나왔다. 거기에서 모퉁이를 두 개 돌아 십 분 정도 더 들어가면 비로소 우리 집이었다. 골목길 입구에서 호준이가 내 가슴을 팡 두드리며 소리쳤다.

"야! 내 뒤로 나와 봐."

길이 워낙 좁아서 셋이 옆으로 나란히 우산을 쓰고서는 들어갈 수 없었다. 하수도관을 틀어막은 찌꺼기처럼 길목에 꽉 끼어 버리고 말 테니까.

"네가 나오면 안 되냐?"

"내 우산인데 왜 내가 나오냐? 뒤로 가 봐 좀!"

"어휴, 하여간 치사한 새끼."

하는 수 없이 나는 우산을 넘겨받은 호준이 등에 딱 붙어서 머리를 힘겹게 우산 안쪽으로 들이밀었다. 자연히 비를 덜 맞는 건 맨 앞에 선 호준이뿐이었다. 우리 셋은 애벌레처럼 줄지어 골목으로 걸어 들어갔다. 한참을 걸어가는데 골목길 안쪽 맞은편에서 커다란 검은 우산이 나타났다. 검은 우산 아저씨는 우리를 발견하고 버럭 소리 질렀다.

"거 좀 비켜라!"

호준이는 쳇, 혀를 차며 우산을 접고 골목 한쪽으로 비켜섰다. 은우와 나도 나란히 몸을 붙였다. 검은 우산이 내 앞을 막 지나갈 때, 삐져나온 우산살 끄트머리가 내 이마를 확 긁고 지나갔다.

"아야!"

검은 우산은 이미 한참 멀어져 가고 있었다. 빌어먹을. 나는 멀어지는 아저씨의 등 뒤에 대고 욕설을 퍼부었다.

"니미 뽕이다. 골목길 지 혼자 세냈냐?"

"그러지 마. 들으면 어쩌려고?"

은우가 나를 말렸다. 우산살에 긁힌 이마가 불붙은 듯 화끈거렸다. 검은 우산에게 길을 비켜 주는 바람에 세 명 다 골고루 푹 젖어서 더 이상 우산을 써 봤자 소용없게 되었다. 우리는 비 맞은 생쥐 꼴이 되어 각자의 집으로 흩어졌다.

좁다란 골목 양쪽에는 작은 상자 같은 집들이 서로 마주 보고 끝없이 늘어서 있었다. 어른들은 이런 집들을 벌집이라고 불렀다. 단칸방들이 다닥다닥 숨 쉴 틈도 없이 붙어 있는 모양새는 정말로 벌집을 꼭 닮았다.

우리 동네는 이십 년도 더 지난 옛날에 '도시 미관을 개선하고 빈민들을 수용하라'는 옛날 대통령의 명령으로 한꺼번에 지어졌다고 한다. 가난뱅이들과 부자들이 한 도시 안에 섞여 사는 풍경이 그 대통령의 눈에는 영 추하게 보였던 모양이다. 그리하여 서울 곳곳에 판잣집을 짓고 살던 가난한 사람들은 집에서 쫓겨나 전혀 모르던 이 동네에 지어진 벌집으로 이사를 왔다. 벌집의 크기는 아파트처럼 똑같이 정해져 있어서 식구가 몇 명이건 간에 그 안에 비집고 들어가 살아야 했다.

우리 동네 벌집들은 대문만으로는 어디가 누구네 집인지 알아보기 힘들도록 비슷해서 대문 앞에 아파트처럼 번호를 달아서 구분했다. 우리 집은 골목 끄트머리에 처박힌 87호였다. 공동으로 쓰는 수돗가와 변소에서는 아침저녁마다 전쟁이 벌어졌다. 온갖 사람들이 북적이는 한밤중의 공동 변소에서는 보름이 멀다 하고 흉흉한 사건이 일어나, 딸 가진 집에서는 밤에 화장실 대신 요강을 쓰게 했다.

동네를 재개발한다는 이야기가 끊임없이 돌았지만 번번이 수포로 돌아갔다. 집주인들 때문이었다. 빈민을 위해 지어진 집이라지만 동네 사람들 대부분은 셋방살이를 했고 월세를 받는 집주인들은 따로 있었다. 동네 사람들은 큰 집도 멋있는 집도 원하지 않았고 다만 밤에도 마음 놓고 쓸 수 있는 화장실이 딸린 집을 원했지만, 집주인들은 월세가 끊길까 봐 재개발을 반대했다. 몇몇 집주인들은 꿀벌이 새 집을 지어 올리듯 벌집의 지붕 위로 방 하나를 쌓아 올려 두 배의 집세를 받았다. 우리 집이 바로 그렇게 만들어진 이층집이었다. 이층집이라고 하면 꼭 부자처럼 보이는

데, 우리 가족은 1층에만 세를 들어 살았다. 보통 아래층이 주인 집이고 위층을 세놓는 법이 아니냐고? 그건 바깥 동네 사정이다. 그리고 우리 집 주인은 우리 동네에 살지 않는다. 아무렴, 나라도 집을 살 수 있을 만큼 돈이 많으면 이런 집에서는 절대 안 산다.

나는 6학년 때 이 동네로 이사를 왔다. 그 전에는 동대문에 살았고 그보다 더 전에는 창신동, 의정부, 안산, 인천에서 살았다. 우리 집은 엄마 아빠가 일하는 공장을 따라 내내 이사를 다녔다. 엄마 아빠는 한 공장에서 일 년 이상 일한 적이 없었다. 쫓겨나거나, 스스로 나오거나, 아니면 공장이 망하거나 셋 중 하나였는데 대부분이 쫓겨난 거였다.

그렇게 여러 공장을 뺑뺑이 돌던 엄마 아빠는 동대문에서 다녔던 공장 조합 원장님의 소개로 이 동네에 있는 카 스테레오 공장에 취직했다. 이전까지는 옷 만드는 방직 공장을 주로 다녔지만 공장장들 사이에 골칫덩어리라는 소문이 쫙 퍼지는 바람에 더 이상 방직 공장에서 일할 수 없게 되었다. 블랙리스트라나 뭐라나. 아무튼 우리 가족은 이 동네에서 올해로 딱 삼 년을 채웠다. 여기 와서 나는 난생처음으로 '우리 동네'라는 말을 자연스럽게 쓸 수 있게 되었다. 예전에는 우리 동네라는 말이 입에 붙기도 전에 이삿짐을 싸야 했으니까.

"마빡이 왜 그래?"

문 열고 들어오자마자 처음 들어야 하는 소리가 이거냐. 그것도 하나뿐인 동생이라는 계집애한테.

"야, 오빠한테 마빡이 뭐야?"

내가 눈을 부라렸지만 동생은 눈 하나 깜짝 안 하고 받아쳤다.

"또 쌈박질하고 들어왔지? 하여간 생각 없이 살아."

"이게 진짜, 누가 쌈박질을 했다고 그래?"

"오빠 지지난 달에도 쌈박질 하다가 반성문 오십 장 썼잖아?"

그런 건 좀 까먹어라, 쓸데없이 기억력만 좋은 계집애. 엄마 손거울로 이마를 들여다보자 우산살에 긁힌 자국이 지렁이처럼 시뻘겋게 부풀어 올라 있었다. 스타일 완전 구겼다. 나는 툴툴거리며 문갑을 열고 맨소래담을 찾았다. 그러는 동안 동생은 꼬질꼬질한 나일론 이불을 뒤집어쓰고 두꺼운 책을 읽었다. 벌써 6월 말, 한낮이면 가만히 앉아만 있어도 온몸에서 땀이 비오듯 쏟아지는데 동생은 위아래로 긴소매 메리야스를 껴입고 이불까지 뒤집어쓴 채 땀을 한 방울도 흘리지 않았다.

한참 만에 서랍 한구석에서 맨소래담을 찾아낸 나는 다짜고짜 푹 퍼서 이마에 난 상처에 듬뿍 발랐다.

"으악, 따거!"

순식간에 이마에 불이 붙었다. 동생은 고구마처럼 새빨갛게 변한 이마를 누르고 방바닥에 뒹구는 나를 쳐다보며 혀를 찼다.

"바보야, 긁힌 상처에 맨소래담을 바르면 어떡해? 후시딘을 발라야지. 가운데 서랍에 있어."

"아이고, 아파 죽겠네!"

너무 따가워서 동생이 뭐라고 말하는지도 들리지 않았다. 동생은 이불을 걷어차고 일어나더니 바닥을 좌로 우로 뒹구는 날 밀치고 가운데 서랍에서 후시딘을 꺼내 나에게 던지며 소리 질렀다.

"물로 씻고 와서 이거 바르라고, 멍충아!"

나는 네 발로 기다시피해서 수돗가에 나가 동생이 시킨 대로 이마를 물로 씻고 후시딘을 발랐다. 그제야 화끈거림이 조금 가라앉았다. 집으로 돌아오자 동생이 다시 이불을 뒤집어쓴 채 책을 내려다보며 비아냥거렸다.

"어쩜 그렇게 멍청하니?"

"야, 넌 오빠한테 말버릇이 그게 뭐냐?"

"오빠가 오빠다워야 오빠지."

이게? 나는 동생을 향해 주먹을 확 치켜 올렸다.

"너 진짜 맞고 싶어?"

그러자 동생은 읽던 책을 탁 소리 내어 덮더니 나를 야멸차게 노려보며 맞대거리를 했다.

"때리렴?"

아오, 이걸 진짜 확! 치켜든 주먹이 부들부들 떨렸다. 핏대가 난 동생은 악을 쓰기 시작했다.

"때려, 때리고 소년원이나 들어가시지?"

"너 지금 말 다 했냐? 너 진짜 죽는다?"

"어차피 좀 있으면 죽을 텐데 무슨 상관이야? 때려, 때리라고!"

표독스럽게 대드는 동생의 허옇게 질린 얼굴이 꼭 「전설의 고향」에 나오는 처녀귀신 같았다. 나는 치켜들었던 주먹으로 내 가슴을 내려치는 수밖에 없었다. 난 우리 집에서 사는 한 절대로 동생을 때릴 수 없다. 동생을 때리는 날이 즉 내가 엄마 아빠한테 맞아 죽는 날이니까. 그리고 아마 내 동생도 죽을 거다. 딱 한 대만 때려도 동생은 그 자리에서 죽어 버릴지도 모른다.

왜냐고? 내 동생은 환자니까. 동생은 심장 벽에 바늘 하나가 겨우 드나들 만한 구멍이 뚫린 채로 태어난 선천성 심장병 환자였다. 당장 죽을병은 아니지만 미리 고쳐 놓지 않으면 어른이 되기 전에 죽을 수도 있는 병이라고 했다. 겨우 바늘구멍만 하다는 작은 틈으로 피가 다 빠져나가 버리는 건지 뭔지, 여하간 그 때문에 동생은 초여름에도 감기를 달고 살았고 툭하면 코피를 바가지로 받아 내야 할 만큼 흘려 댔다. 동생은 결국 5학년 2학기 때부터 학교를 쉬었다. 원래대로라면 올해로 중학교 1학년이 되어야 하지만 집에서 혼자 공부해 검정고시로 국민학교를 마치고 지금은 중학교 졸업 자격 검정고시를 눈앞에 두고 있다. 만일 검정고시에 합격하면 중학교 3학년인 나보다 무려 이 년이나 먼저 중학교를 졸업하는 셈이다. 창피해서 한강에 콱 빠져 죽고 싶다.

"힘이면 다인 줄 알아? 순 깡패…… 어헉, 콜록, 콜록!"

악을 쓰던 동생은 갑자기 요 위에 풀썩 엎어지더니 기침을 하기 시작했다. 그때 현관문이 벌컥 열리며 엄마가 공장에서 돌아왔다.

"엄마 왔다."

으악, 하필이면 이런 때! 엄마가 오기 무섭게 동생의 기침 소리가 한층 심해졌다. 저 계집애 일부러 저러는 거야. 아니나 다를까 엄마 얼굴이 순식간에 험악해졌다.

"은경아, 왜 그래? 무슨 일이야?"

"몰라. 오빠 때문에 미치겠어!"

"승협이 너 또 동생한테 뭔 짓 했어?"

"나 아무 짓도 안 했거든?"

"오빠가 나 때리려고 했어! 때리려 그랬다고!"

엄마의 눈에 불꽃이 튀었다. 엄마는 몽둥이로 쓰는 빗자루를 휘어잡고 호령했다.

"뭐가 어째? 이놈의 자식이 앓는 동생 돌봐 주지는 못할망정 어디다 대고 주먹질이야? 너 당장 이리 와 봐!"

"안 때렸어, 아 씨, 진짜로 안 때렸다니까?"

엄마는 들은 척도 하지 않고 내 허벅지에 매질을 시작했다. 나는 매를 피해 손바닥만 한 집 안을 뛰어다니다 빈틈을 노려 운동화를 꺾어 신고 집을 뛰쳐나갔다. 줄행랑을 놓는 내 등 뒤에서 엄마의 억장 무너지는 고함이 들려왔다.

"썩을 놈. 아들이라고 하나 있는 게 저 모양 저 꼴이니, 이놈의 팔자 하고는!"

엄마 화 가라앉을 때까지 뭘로 시간 때우나. 바지 주머니를 뒤져 보자 달랑 백 원짜리 하나가 나왔다. 이걸로 오락실에서 갤러그나 해야겠다.

나는 백 원을 손에 쥐고 터덜터덜 걸었다. 이마 긁히고 아파 죽겠는 건 난데, 머리털 하나 다치지 않은 동생 편만 드는 엄마가 원망스러웠다. 내가 동네북이다, 북. 나는 국민학교 1학년 때부터 두드려 맞았지만 동생은 내가 기억하는 한 단 한 번도 맞은 적이 없다. 동생이 아기였을 적에 엄마가 버릇 잡는다고 혼쭐을 냈다가 밤새 경기를 일으켜 죽을 고비를 넘긴 후로는 동생이 우리 집 상전이었다.

나 혼자만 우리 가족의 골칫덩이, 돌연변이였다. 일단 생김새부터가 나 혼자 딴판이다. 날 때부터 4.5킬로그램의 우량아였던 나는 6학년 때 이미 170센티미터가 넘었지만 엄마랑 아빠는 생선가시처럼 바짝 마르고 키도 작달막하다. 게다가 내 동생은 심장병 때문에 제대로 크지를 못해서 더 작고 말랐다. 내가 커질수록 동생은 점점 작아졌다. 그리고 엄마의 구박도 점점 심해졌다. 덩치가 크면 두들겨 맞아도 별로 안 아플 거라고 생각하나? 아니면 내가 동생 기를 빨아먹고 커진다고 생각하나? 어쨌거나 억울한 건 나뿐이다. 내가 공부 좀 못하고 쌈박질 좀 하는 건 사실이지만.

평소 같으면 단번에 끝판까지 갔을 갤러그를 고작 두 판만에 져 버렸다. 빈털터리가 된 나는 길 잃은 똥개마냥 동네를 빙빙 돌다 달이 중천에 뜰 무렵에 집으로 돌아갔다. 슬쩍 문을 열자마자 앉아서 마늘을 까던 엄마가 대번에 눈을 홉뜨고 나를 노려보았다.

"뭘 잘했다고 기어 들어와?"

엄마의 오른손에서 마늘 까는 칼이 번뜩였다. 내가 내 집에 들어오겠다는데 왜 이런 수모를 겪어야 하나. 문을 닫고 도로 내빼려는 내 등 뒤에서 아빠가 우렁차게 소리쳤다.

"여보, 나 왔소!"

"형수님, 저 왔습니다!"

잔뜩 취한 아빠가 양손에 소주병이 가득한 비닐봉지를 들고 공장 동료와 함께 집 안으로 들이닥쳤다. 덕분에 난 살았다. 엄마는 욕을 퍼부으면서도 술상을 차려 주었다. 세 식구에 단 두 사람이 더해졌을 뿐인데도 단칸방이 미어터질 것처럼 꽉 차는 바람에 나는 동생과 함께 골목길로 쫓겨났다.

"시끄러워 죽겠네. 빨리 집에 가서 잠이나 잘 것이지."

내가 툴툴거리자 집에서 새어 나오는 전등 빛에 의지해서 책을 보던 동생이 쏘아붙였다.

"오빠나 조용히 해."

독한 계집애. 책이 그렇게 좋나. 난 교과서만 봐도 위장에서 신물이 올라오는데 동생은 매일같이 빽빽한 책을 끼고 산다. 나는 동생에게 퉁을 놓았다.

"넌 짜증도 안 나냐? 툭하면 찾아와서 잠도 못 자게 하는데."

"아빠 투쟁 도와주는 사람들이잖아."

"그놈의 투쟁 때문에 허구한 날 공장에서 쫓겨나잖아."

나는 일부러 아빠 들으라고 큰 소리로 말했다. 어차피 아빠는 술에 취해서 듣지도 못하겠지만. 그러자 동생은 내 얼굴을 빤히 바라보더니 코웃음을 쳤다.

"그러니까 오빠가 멍청하다는 거야."

"이게 보자 보자 하니까 자꾸 막말이야?"

엄마와 아빠는 언제나 투쟁 중이었다. 내가 아주 어릴 적부터 공장장들과 머리카락이 부족한 대통령을 상대로 싸우고 또 싸웠다. 대학생 수만 명이 거리에 나와 데모한 끝에 대통령이 바뀌었고, 한강변의 허허벌판에 순식간에 생겨난 거대한 운동장들에서 올림픽이 열렸다.

텔레비전과 신문에서는 차가운 전쟁이 이제 끝나 간다고 끊임없이 떠들었지만 우리 집은 여전히 전쟁 중이었다. 투쟁을 벌일 때마다 어김없이 엄마 아빠는 공장에서 쫓겨났고 우리 집은 다음 공장을 찾아 이삿짐을 싸야 했다. 나는 국민학교만 여섯 군데를 옮겨 다녔다. 그 와중에 공부 잘하기를 바라는 게 이상한 거 아냐? 그런데 나랑 똑같이 학교를 옮겨 다닌 동생은 공부를 잘하니. 엄마 아빠한테는 할 말이 없다. 젠장.

대통령은 바뀌었지만 공장장들은 바뀌지 않았다. 공장장들은 여전히 엄마 아빠에게 줘야 할 돈과 휴가를 주지 않았다. 엄마 아빠가 투쟁하는 동안 나는 나만의 투쟁을 시작했다. 그것은 내 눈에 거슬리는 녀석들과의 투쟁이었다. 이걸 투쟁이라고 부를 수 있는지는 모르겠지만 내가 잘하는 건 싸움뿐이었고 나는 지는 게 싫었다. 엄마 아빠는 매번 공장에서 쫓겨났다. 투쟁에 졌기 때문이다. 하지만 집 없는 개처럼 떠돌아다니면서도 투쟁을 멈추지 않았다. 질 게 뻔한 싸움을 뭐 하러 하지? 무엇을 위해서? 나는 머리가 나빠서 동생처럼 공부도 못하고 선생이 이래라저래라 하는 소리 듣기 싫어서 운동도 못한다. 그래서 나는 이길 수 있는 싸움만 한다.

동생은 선생처럼 훈계조로 말했다.

"아빠랑 엄마가 하는 일 덕분에 우리가 옛날보다 더 나은 세상에서 살 수 있는 거야."

"더 나은 세상? 야, 이따위 코딱지만 한 단칸방 어디가 더 나은 세상이냐? 바보냐?"

"바보는 내가 아니라 오빠거든? 주먹질이나 하고 다니니까 모르지. 책 좀 읽어, 만화책 말고 책 말이야."

"이게 진짜…… 야, 너 어두운 데서 책 보면 장님 되는 거 몰라?"

나는 어떻게든 오빠로서의 위엄을 되찾아 보려고 말을 돌렸지만 동생은 들은 척도 하지 않고 책에 코를 박았다. 이게 진짜로 중학교 검정고시를 통과해 버리면 어쩌지. 안 그래도 공부 못한다고 욕먹고 사는데 동생이 검정고시까지 통과하면 엄마 구박이 한층 더 심해질 거다. '너보다 두 살이나 어린 동생은 벌써 고등학교 공부 하는데, 넌 중학교 3학년이나 되어 가지고는 뭘 하고 자빠졌어?' 으윽, 상상만 해도 복장이 뒤집힌다. 나는 동생이 보는 책을 확 빼앗아 들었다.

"왜 이래 진짜!"

"눈 나빠진다고."

"누가 내 눈 걱정해 달래? 내 책 내놔!"

동생이 눈을 뒤집으며 달려들었다. 나는 동생을 요리조리 피해 책을 든 손을 움직였다. 동생이 다시 한 번 경기를 일으킬 폼을 잡는 순간 앞집 문이 벌컥 열리더니 덩치가 태산만 한 아저씨가 팬티 바람으로 고함을 내질렀다.

"거 조용히 안 해?"

동생과 나는 동시에 입을 다물었다. 앞집 아저씨는 공사장에서 오함마를 쓰는 장사인데 역도 선수처럼 근육으로 뒤덮인 팔뚝에는 영등포 교도소 수감 시절에 새겼다는 문신이 있었다. 앞집 아저씨는 나랑 내 동생 때문이 아니라 아빠와 아빠 친구가 젓가락으로 술상을 두드리며 목이 터져라 부르는 노동가 때문에 언제나 화가 나 있었다.

자정이 넘어서야 아빠 친구는 술에 떡이 되어 돌아갔고 우리네 식구는 나란히 누워 잠을 청했다. 막 잠에 빠질락 말락 하는데 갑자기 위층에서 여자 울음소리가 들려왔다. 엄마가 황소처럼 콧김을 뿜어내며 내뱉었다.

"저것들 또 시작이네."

위층 누나들이 또 술 한잔 한 모양이었다. 일하러 멀리 부산에서 올라온 누나들은 가끔 술을 마시고는 둘이 얼싸안고 하늘이 무너지게 울고는 했다. 엄마는 벌떡 일어나더니 창문에 대고 고함을 질렀다.

"이 벼락 맞을 것들아, 잠 좀 자자, 잠 좀!"

잠깐 조용해지나 싶더니 오 분도 지나지 않아 다시 통곡 소리가 들려왔다. 우리 동네에서는 딱히 눈을 쓸 일이 없다. 귀와 코만 있어도 충분하니까. 식사 시간에는 옆집과 이어진 벽 너머로 방귀 소리와 트림 소리가 들려왔고, 늘 김치 냄새, 라면 냄새, 썩는 냄새, 타는 냄새, 방금 싼 똥 냄새까지 이웃에서 나는 온갖 냄새에 둘러싸여 살았다. 어느 집에서 부부 싸움이 나고 어느 집에서 밥을 태워 먹었는지 구태여 눈으로 보지 않아도 훤히 다 알 수 있었다. 그만큼 우리 동네 집들은 다닥다닥 붙어 있었다.

위층 누나들 때문에 막 오려던 잠이 깨 버렸다. 한참을 뒤척였지만 한 번 달아난 잠은 좀처럼 돌아올 생각이 없었다. 나는 눈을 감고 예전에 텔레비전에서 보았던 미국 디즈니랜드의 모습을 떠올렸다. 눈에 보이는 것들이 넘쳐나서 머릿속에만 가두어 두기 힘들어지면 오히려 눈을 감았을 때에 더 많은 것들이 보인다. 칙칙한 흑백 화면으로 저장된 기억에 상상력을 덧칠해 최대한 환상적인 장면을 만들어 냈다.

알록달록한 전투기들이 하늘을 가르며 날아가고 땅에서는 찻잔과 주전자들이 사람들을 태우고 빙글빙글 돌아간다. 커다란 수레바퀴 같은 관람차가 개미 새끼만 해진 사람들을 내려다보며 천천히 움직인다. 그중에서도 제일 끝내주는 건 역시 청룡 열차다. 청룡 열차를 타고 은하철도 999처럼 빛의 속도로 하늘을 가르며 은하계 저편으로 날아가 버리고 싶다. 이 지긋지긋한 골목길에서, 남이 싼 똥 구린내를 맡으며 라면을 먹어야 하는 지옥 같은 단칸방에서 최대한 멀리.

누나들의 구슬픈 흐느낌이 끊어질 듯 말 듯 계속해서 이어졌다. 나는 눈을 감고 귀를 닫고 코를 막고 잠 속으로 도망쳤다.

쉬는 시간마다 반 아이들은 원더랜드 이야기만 했다. 신문과 잡지 기사에 따르면 원더랜드에는 대한민국은 물론 전 세계에서도 찾아볼 수 없는 최신 놀이 기구들이 가득하다고 했다. 무엇보다도 놀라운 것은 그런 놀이 기구들이 실외가 아닌 실내에 만들어진다는 점이었다.

"어떻게 그렇게 큰 기구들을 건물 안에다가 집어넣냐? 구라 아냐?"

"세계 최초로 생기는 실내 놀이 동산이래."

"세계 최초? 사기 치지 마. 미국에는 다 있을걸?"

"조선일보에서 봤는데? 아무렴 신문이 사기를 치겠냐?"

"어떻게 미국에도 없는 게 우리나라에 생겨?"

문득 자리에 앉아 교과서를 보고 있던 부반장이 고개를 번쩍 들더니 흘러내린 안경을 고쳐 쓰며 말했다.

"내가 아는데, 세계 최초 맞아."

아이들의 시선이 순식간에 부반장에게 꽂혔다. 스케치북처럼 허여멀건 얼굴에 도수 높은 금테 안경을 끼고 다니는 부반장은 우리 반에서 제일 잘사는 녀석이었다. 부반장의 아빠는 우리 동네 공단에서도 손꼽히게 큰 냉장고 부품 공장의 사장인 데다 안산에 다른 공장을 두 개나 더 갖고 있었다. 우리 반에서만 여섯 명의 부모님이 부반장 아빠네 공장에서 직원으로 일했다. 부반장네 집은 34평짜리 신축 아파트였고 아이들 대부분이 꿈에 그리는 물건들을 갖고 있었다. 30인치 대형 컬러텔레비전, 비디오데크, 그리고 재믹스를.

"디즈니랜드 놀이 기구는 다 바깥에 있어."

나는 부반장 쪽으로 막 파낸 코딱지를 튕겨 보내며 이죽거
렸다.

"디즈니랜드 가 봤냐?"

부반장은 안간힘을 쓰듯이 대답했다.

"AFKN에서 하는 특집 방송 봤어."

"영어를 어떻게 알아들어? 네가 미국인이냐?"

"에이에프 뭐시기가 뭔데?"

"미군 테레비 방송이야. 틀어 놓으면 영어로만 계속 쏼라거려.
저 새끼 영어 다 알아듣지도 못하면서 잘난 척이야."

아이들은 부반장을 무시하고 저희들끼리 키득거렸다. 원래 우
리 동네 토박이였던 부반장은 국민학교를 졸업하고 다른 동네의
중학교에 입학했다가 올해 초에 다시 우리 학교로 돌아왔다. 믿
거나 말거나 부반장은 입만 열면 무시당하는 지금과는 달리 국
민학교 때는 제법 잘나갔다고 한다. 들러붙어서 아부하는 녀석
들도 많았고, 매년 제 생일마다 상다리가 휘어지는 생일 잔치를
열어서 수십 명을 초대하기도 했다나 뭐라나. 그래 봤자 이제 다
과거의 영광이다.

부반장이 잠깐 다녔던 중학교는 원더랜드가 지어지는 강변의
부자 동네에 있는 중학교였다. 어떻게 우리 동네에 살면서 멀리
떨어진 그 동네 중학교에 들어갔는지는 잘 모르겠지만 부자들만
아는 수를 써서 어떻게든 들어갔다는 소문이었다. 부반장은 그

동네 학교에서는 별로 잘나가지 못했는지 하늘을 찌르던 콧대가 완전히 꺾여서 돌아왔다. 돌아온 부반장에게 아이들은 등을 돌렸다. 부반장은 어떻게든 예전의 위세를 되찾고 싶었는지 툭하면 부자 동네와 부자 학교 이야기를 늘어놓았지만 아이들에게 미움만 샀다.

"무지 재밌을 것 같아. 나는 고모부가 데려가 준댔어."

"열나게 줄 서야 될걸?"

그나저나, 원더랜드 이야기에 푹 빠진 아이들 중에서 입장료 이야기를 하는 아이는 아무도 없었다. 내가 제일 궁금한 건 입장료인데 말이지. 나는 옆자리 짝에게 물어보았다.

"원더랜드 입장료는 얼마래?"

"엄청 비싸. 일반 입장권은 중고생 요금 오천 원, 자유 이용권은 만 원이래."

"뭐? 만 원? 자유 이용권이라는 게 뭔데 그렇게 비싸?"

"게다가 일반 입장권으로는 놀이 기구 탈 수도 없대. 그냥 들어가기만 하고 끝인 거야. 그 대신 자유 이용권은 비싸지만 원더랜드 안에 있는 놀이 기구는 무조건 다 탈 수 있대. 놀이 기구 하나하나 따로 이용료를 내고 타면 몇 만 원이 넘게 드니까 자유 이용권 사는 게 훨씬 이득이라는 거지."

"아무리 그래도 그렇지, 해도 해도 너무 비싸네."

나는 머릿속에서 만 원짜리 한 장의 가치를 계산해 보았다. 풍

선껌 천 개, 쭈쭈바 이백 개, 라면 백 개, 살 수 있는 게 너무 많아
서 일일이 세기도 버거웠다. 문득 입 다물고 가만히 있던 부반장
이 대화에 끼어들었다.

"만 원이면 싸잖아?"

나는 어안이 벙벙해져서 짝의 옆구리를 쿡 찌르며 되물었다.

"저 자식 지금 뭐라는 거야?"

부반장은 눈치 없이 계속 떠들었다.

"맞잖아. 놀이 기구 하나 타는 데 천오백 원이라는데, 만 원 주
고 전부 다 탈 수 있으면 엄청 싼 거지."

저걸 그냥 확 뚜드려 패 버려? 내 마음을 들여다본 은우가 점
잖게 만류했다.

"그러지 마."

"지가 살면 얼마나 산다고 잘난 척이야."

"원래 저런 녀석이잖아. 내버려 둬."

오늘 부반장 목숨은 은우가 구했다. 이은우 전생은 달라이 어
쩌고…… 뭐였더라, 아무튼 그 산속에서 사는 부처님인지 스님
이었던 게 분명하다. 나는 교실 바닥에 침을 찍 뱉으며 비아냥거
렸다.

"어차피 가 봤자 별것도 없을걸."

그러자 호준이가 받아쳤다.

"야, 가 보지도 않고 어떻게 장담하냐? 그나저나 원더랜드 돈

안 내고 가는 법은 없나?"

"몰래 들어가면 되지."

"그러다 걸리면 어쩌려고?"

"걸리면 씨발, 정학밖에 더 때리겠냐?"

큰소리는 뻥뻥 쳤지만 솔직히 몰래 들어갈 자신은 없었다. 가 봤자 별거 없을 거라며 애써 허세를 부렸지만 내 머릿속에서는 끊임없이 화려한 성(城)과 놀이 기구들이 컬러텔레비전으로 보는 만화영화처럼 비현실적인 빛깔을 뿜어내고 있었다. 나는 머릿속에서 원더랜드 생각을 지워 내려 애쓰며 집으로 돌아갔다. 웬일로 엄마가 집에 일찍 돌아와 있었다.

"어? 엄마 오늘 야근 안 했어?"

물어도 대답이 없었다. 엄마는 상을 펴고 앉아 무언가에 몰두하고 있었다. 삼 년 전부터 엄마는 일주일에 한 통씩 편지를 썼다. 앞뒤로 빼곡하게 글을 채우고 나서 가지런히 접어 규격 봉투에 넣고, 마지막으로 텔레비전 받침대로 쓰는 문갑 깊숙한 곳에서 수첩 사이에 끼워 놓은 우표 시트를 꺼내 우표 한 장을 뜯어 붙인다. 팔십 원짜리 우표 수십 장이 들어 있는 수첩은 도둑이 들어 봤자 털어 갈 것도 없는 우리 집에서 손에 꼽히는 귀중품이었다. 엄마는 편지를 쓰다 말고 방바닥에 엎드려 책을 보는 동생을 곁눈질로 흘끔 쳐다보고는 땅이 꺼져라 한숨을 쉬고, 이어서 편지를 써 내려갔다.

동생이 아기였을 적, 엄마는 골골대는 동생을 업고 유명한 대학 병원의 의사 선생님을 찾아갔다. 몇 달 동안 줄을 선 끝에 간신히 만난 의사 선생님은 동생의 병에 대한 설명과 함께 수술비를 이야기해 주었다. 수술비는 우리 집을 거꾸로 뒤집어서 탈탈 털어도 나올 수 없는 금액이었다.

동생의 심장병은 수술만 하면 95퍼센트 이상의 확률로 깨끗이 낫는다고 했다. 한동안 엄마는 정신 나간 사람처럼 돈을 구하러 발바닥이 닳도록 뛰어다녔지만 우리 집안 사정에 그런 큰돈이 나올 구멍이 있을 리 없었다. 엄마가 동생을 업고 병원들을 뛰어다니는 동안 아빠는 동생을 위해 투쟁했다.

동생이 아직 국민학교에 다닐 때 공장 동료로부터 심장 재단에 관한 이야기를 듣고 돌아온 엄마는 편지를 쓰기 시작했다. 머리카락이 부족한 전 대통령의 부인이 설립한 심장 재단은 형편이 어려운 심장병 환자 아이들의 수술비를 지원해 주는 단체였다. 실제로 몇 년 동안 수많은 아이들이 심장 재단이 준 돈으로 수술을 받았고 병이 나은 몇몇 아이들은 청와대에 초청을 받아 대통령 영부인과 기념사진을 찍고 뉴스에 나오기도 했다.

엄마의 편지는 다름 아닌 심장 재단에 보내는 것이었다. 심장 재단에 등록하기 위해서는 전문 병원의 진단 서류와 함께 집안 형편이 얼마나 어렵고 아이의 상태가 얼마나 위중한지를 구구절절하게 쓴 편지를 제출해야 했다. 해마다 심장 재단에는 전국 각지에서 수없이 많은 신청자들이 밀려들었다. 도저히 이해할 수 없는 노릇이지만 신청자들 중에는 멀쩡하게 의료 보험 혜택을 받으며 번듯한 아파트나 빌라에 사는 가족들도 많았다. 가난하든 부유하든 병 앞에서 모든 아이들의 목숨은 평등하다는 논리일까. 하지만 모든 엄마들이 그런 것처럼 우리 엄마에게는 내 동생의 목숨이 가장 소중했다. 그래서 우리 엄마는 하염없이 편지를 쓰고, 또 쓰는 것이었다.

밤이 깊어 갈 무렵 아빠가 퇴근했다. 아빠는 열심히 편지를 쓰는 엄마를 힐끔 쳐다보더니 이마를 찌푸리며 한마디 했다.

"그놈의 편지는 뭐하러 써?"

"보태 주는 거 없음 가만히나 계시우."

"그런다고 답장이 와?"

"딸내미 목숨 살리려면 지푸라기라도 잡아야지 어째."

엄마는 아빠를 쳐다보지도 않고 대답했다. 아빠는 신경질을 내며 소리쳤다.

"그놈의 심장 재단 순 사기라니까. 애초에 대머리가 마누라 이름으로 나랏돈 빼돌리려고 만든 어용 재단이라고 내가 몇 번을 말해야 알아들어?"

"우리 작업부장 조카딸이 재단 지원금으로 심장 수술 받고 싹 나아서 청와대까지 다녀왔다는데, 그 양반이 나한테 뭐가 아쉬워서 거짓말을 하겠수?"

"으이구, 그저 무식한 게 죄지. 무식한 게 죄야."

아빠는 혀를 차며 텔레비전을 켰다. 텔레비전을 켜자마자 한복을 입고 산속 절간에 서 있는 전 대통령과 영부인이 등장했다. 그러자 아빠는 텔레비전 화면을 향해 삿대질을 하며 욕설을 퍼부었다.

"저 살인마 도살자 새끼. 어디 하늘 아래 뻔뻔하게 고개를 처들고 있어!"

아빠가 욕하는 동안 엄마는 신사임당처럼 유유자적하게 편지를 다 쓰고 밥풀로 봉투를 봉했다. 기나긴 욕을 늘어놓고 난 아빠는 다시 엄마에게 쏘아 대기 시작했다.

"저 봐, 저런 놈이 무슨 양심이 남아서 공익 사업을 하겠어? 그놈의 재단도 썩어빠진 게, 피보험자 우선이라잖아? 보험증 없어서 수술비 백 프로 다 내야 하는 일반 환자보다 애초에 수술비 이십 프로만 내도 되는 보험 환자를 먼저 도와준다는 게 무슨 놈의 자선이야? 당신, 저것들한테 속는 거라니까!"

엄마가 연필을 냅다 집어 던졌다.

"그럼, 부모가 되어서 자식새끼 숨넘어가도록 두 손 두 발 다 놓고 마냥 기다리라는 말이우?"

"나 참, 누가 두 손 두 발 다 놓고 기다리라고 했어? 그 망할 놈의 재단에 편지질 하는 게 헛짓거리라, 이 말이야!"

동생이 벌떡 일어나더니 이불을 뒤집어쓴 채 책을 끌어안고

문을 박차고 나가 버렸다. 퍼질러 앉아 있던 나는 어정쩡하게 몸을 일으킨 채 엄마 아빠의 눈치를 보았다. 엄마는 눈을 부릅뜨고 아빠에게 소리 질렀다.

"살인마건 개백정이건 새끼 목숨만 살려 주면 하느님이고 관세음보살님이지! 내 배로 낳은 새끼 내 손으로 살려 낼 테니 당신은 그만 신경 끄시오! 우표값 보태 달라 소리 안 할 테니까!"

아빠는 엄마의 기세에 눌려 입을 다물었다. 동시에 한창 뉴스를 흘려보내던 텔레비전 화면도 지직거리는 소리를 내더니 꺼져 버렸다. 동대문 시절에 아빠가 공장장 이삿짐 나르는 걸 도와주고 얻어 온 고물 흑백텔레비전은 툭하면 고장이었다. 아빠는 텔레비전을 주먹으로 쾅쾅 후려치며 신경질을 부렸다.

"이놈의 텔레비전은 왜 또 시작이야?"

아빠의 주먹질이 이어지자 급기야 텔레비전에서 시커먼 연기가 뿜어져 나왔다. 으악, 이제 만화 영화도 못 보게 생겼다. 엄마가 고함을 질렀다.

"얼마 없는 살림살이 다 해먹을 작정이우?"

아빠는 엄마인지 텔레비전인지 헷갈리는 대상을 향해 욕을 퍼붓기 시작했다. 아니나 다를까 앞집 문이 벌컥 열리더니 아무리 나라고 해도 차마 입에 담을 수 없는 엄청난 욕이 쏟아졌다. 아빠, 엄마, 앞집 아저씨에 자다 깬 윗집 누나들까지 가세해 팔도강산 사투리로 욕설의 한 마당이 벌어졌다. 미리 도망치지 않으면 분명히 마지막에는 나한테 불똥이 튄다. 나는 슬금슬금 집에서 빠져나왔다. 동생은 골목 끝에 있는 마을 공동 수돗가에 쭈그리고 앉아 이불을 뒤집어쓴 채 두 손으로 귀를 틀어막고 있었다.

"야, 뭐 해?"

동생은 날 보더니 슬그머니 귀에서 손을 뗐다. 딱히 갈 곳도 없고 돈도 없어서 나는 동생 옆에 주저앉았다.

"오빠는 그 재단에서 진짜로 엄마 편지를 읽을 거라고 생각해?"

"뭐, 순서가 돌아오면 언젠가는 읽지 않겠어?"

동생은 코웃음을 쳤다.

"엄마가 편지질 시작한 지 벌써 삼 년이나 지났는데 내 순서는 언제 돌아온대? 그리고 난 심장 재단 같은 거 안 믿어. 전 대통령 부인이 하는 재단을 어떻게 믿어?"

"꼭 아빠 같은 소릴 하네. 못 믿을 건 또 뭐야?"

"오빠는 전 대통령이 얼마나 나쁜 사람인지 몰라서 그래? 그 사람이 얼마나 사람들을 많이 죽이고 잡아 갔는 줄 알아? 중학교 3학년이나 되어서 그런 것도 몰라? 오빠도 알잖아? 막내 삼촌도 옛날에 광주에서……."

"야, 삼촌 죽은 거랑 심장 재단이 무슨 상관이야? 어쨌거나 도와준다면 좋은 거지. 넌 매사에 왜 그렇게 불만이 많냐?"

동생은 우울한 목소리로 중얼거렸다.

"내 순서 오기 전에 먼저 죽을지도 몰라."

순간 말문이 막혔다. 망할 계집애. 동생은 불신에 가득 찬 말투로 이어 말했다.

"그거 어차피 보험증 있는 사람들부터 도와주는 거라며. 우리 집 보험증 없잖아? 내 순서까지 돌아오려면 몇 년이 걸릴지 어떻게 알아?"

빌어먹을. 아빠가 엄마 편지 쓸 때마다 난리를 치니까 동생까지 물들어서 이따위 재수 없는 소릴 지껄이는 거 아냐. 나는 동생을 나무랐다.

"넌 그렇게 죽고 싶냐? 어쨌거나 네 병 고쳐 주려고 하는 일인데 왜 자꾸 재수 없는 소리만 해?"

"오빠가 뭘 알아? 내 맘 알기나 해? 하긴 오빠는 아프기는커녕 힘이 남아돌아서 쌈박질이나 하고 다니니까 모르겠지!"

흥분해서 목소리를 높이던 동생은 왼쪽 가슴을 움켜쥐고 할딱거리기 시작했다. 이러다 또 발작하겠다. 나는 당황해서 동생을 달래기 시작했다.

"야…… 그냥 좋게 생각해. 덕분에 학교도 안 가고 좋잖아."

동생은 헐떡이며 나를 흘겨보았다.

"퍽도 좋겠다."

"난 네가 부러워 죽겠다. 방학이 너무 짧아. 여름 겨울 각각 한 달씩만 더 주면 딱 좋을 텐데."

"놀지 말고 공부 좀 해, 공부. 언제 철들거니? 대학 안 갈 거
야?"

"내가 어떻게 대학에 가나?"

"오빠 공장에서 일하기 싫다며? 그럼 공부해서 대학 가야지
어쩔 거야?"

그렇다. 나는 공부도 못하고 운동도 못하지만 죽어도 공장에
만은 들어가기 싫었다. 엄마 아빠처럼 고생하는 게 싫었다. 오랜
세월 공장에서 죽도록 일한 엄마 아빠에게 남은 건 이 냄새나고
좁아터진 골목길의 단칸방뿐이다. 매일 아침마다 공동 수도에서
는 전쟁이 벌어지고, 옆집에서 싼 똥 구린내를 맡아야 하고, 큰길
가 아파트에 사는 아줌마들은 제 아들 딸들에게 저 동네 애들하
고 놀면 성적 떨어진다고 말하는, 빌어먹을 '우리 동네'.

하긴 우리 엄마 아빠라고 이 동네에 살고 싶어서 사는 건 아니
다. 엄마 아빠에게 당연히 줘야 할 돈을 주지 않는 공장장이 나쁘
고, 공장장들을 부추기는 대통령이 나쁘다. 엄마 아빠에게는 잘
못이 없기 때문에 공장장과 대통령과의 투쟁을 멈추지 않는 거
라고 동생은 말했다. 하지만 나는 싫다. 지는 싸움에는 의미가 없
으니까. 나는 하늘에 얼기설기 금을 그은 전깃줄을 바라보며 말
했다.

"나는 고등학교만 졸업하면 여길 벗어나고 말 거야."

"어떻게 벗어날 건데?"

글쎄, 원더랜드 청룡 열차를 타고? 도망치고 싶다는 막연한 꿈은 있지만 그것을 어떻게 이루어야 할지는 모른다. 엄마도 아빠도 선생도 아무도 나에게 가르쳐 주지 않았고, 나는 머리가 나빠서 동생처럼 책을 통해 알아낼 수도 없다.

나는 길 잃은 개처럼 하염없이 걸어 골목길을 빠져나왔다. 큰 길가의 보도블록에 주저앉아 하늘 높이 뜬 달을 올려다보았다. 달을 가리며 저 멀리 산등성이에 재개발 아파트를 지어 올리는 크레인이 초식 공룡처럼 천천히 움직였다.

내 옆에 서 있는 전신주에 원더랜드 개장을 홍보하는 포스터가 붙어 있었다. 나는 멍하니 포스터 속 마법의 성을 바라보았다. 나방 한 마리가 꼬깃해진 마법의 성의 뾰족한 지붕 위에 사뿐히 내려앉았다. 나는 나방을 엄지손가락으로 눌러 죽이고 마법의 성을 한참 동안 바라보았다. 밤하늘을 가리며 우주로 날아가는 청룡 열차의 제일 앞자리에 타고 함성을 지르는 내 모습을 상상했다.

갈 수 없다고 생각할수록 가고 싶다는 마음은 무럭무럭 자라났다. 원더랜드는 우리 동네에서 2호선 전철을 타면 사십 분 만에 갈 수 있는 곳에 생겨난다. 하지만 왜인지 미국보다 더 먼 곳에 있는 것만 같다. 집 한 채 값이 일 억이 넘는다는 강변의 아파트도, 동양에서 제일 거대한 샹들리에라는 것이 거꾸로 박혀 있다는 초호화 백화점도, 미국 사람들이 자고 간다는 초특급 호텔

도, 원더랜드와 그 주변을 이루는 모든 것들이 내가 사는 우리 동
네 뒷골목과 같은 나라, 같은 도시 안에서 벌어지는 일이라고는
도저히 믿을 수가 없었기에.

2

응모권

기말고사가 끝났다. 원더랜드 개장일이 보름 남짓 앞으로 다가왔다. 뉴스와 신문들은 여름 방학을 시작하자마자 문을 여는 원더랜드에 엄청난 인파가 몰릴 것이라고 예측했다. 우리 학교에서도 원더랜드에 간다는 아이들이 제법 많이 있었다.

원더랜드는 개장을 앞두고 갖가지 축하 행사를 벌이기 시작했다. 행사 이야기는 그 멀리 떨어진 우리 동네까지 꾸준히 흘러 들어왔다. 나는 행여나 원더랜드에 공짜로 갈 수 있는 방법이 있지 않을까 싶어 학교 폐휴지함에서 신문과 광고지를 뒤져 보았다. 손톱 밑이 잉크로 새카매지도록 뒤진 끝에 나는 총 두 가지 방법을 알아낼 수 있었다.

첫 번째 방법: 원더랜드 개장 당일에는 손님 삼백 명을 무료로

초대한다. 그런데 무료 초대를 받기 위해서는 개장 일주일 전까지 원더랜드 앞에 있는 백화점에서 만 원어치 이상의 물건을 사고 난 뒤 받는 특별 영수증을 추첨 통에 넣어야만 한다.

문제점: 이러나저러나 어차피 만 원이 필요하다면 무료 초대가 아니잖아?

두 번째 방법: 인기 만화 잡지 《보물왕국》에 들어 있는 응모권을 뜯어서 잡지 안에 들어 있는 애독자 카드에 붙여 보내면 그중에서 서른다섯 명을 추첨해 원더랜드에 공짜로 초대한다.

또다시 문제점: 월간 보물왕국은 한 권에 이천오백 원이다. 애독자 카드에는 팔십 원짜리 우표를 붙여야 한다. 다 합쳐서 돈이 이천오백팔십 원 필요하다. 역시 공짜는 아니다.

세상에 공짜라는 게 없다. 안 돌아가는 머리가 터지도록 궁리해 보아도 저 두 가지 방법 외에는 원더랜드에 공짜로 갈 방법을 알아낼 수 없었다. 7월 21일이 가까워 오자 원더랜드의 개장을 홍보하는 광고 포스터가 우리 학교 담벼락과 가로등에까지 나붙었다. 매일 학교에 갈 때마다 포스터 속 마법의 성이 번적이며 아이들을 유혹했다. 아무리 번쩍여 봤자 그림의 떡이다. 단념해야 하는데. 그러기가 쉽지 않다. 절대 못 간다고 생각할수록 더 가고 싶어지는 건 왜일까, 빌어먹을.

"사실 그 동네 사람들은 원더랜드 반대하는데."

쉬는 시간, 혼자 구석에 처박혀 있던 부반장이 불쑥 말했다.

오늘도 변함없이 원더랜드를 주제로 불꽃 튀는 토론을 벌이던 아이들이 눈을 동그랗게 뜨고 되물었다.

"왜 반대하는데?"

부반장은 거들먹거리며 말했다.

"원더랜드 지붕이 전부 유리로 만들어져서 햇빛에 번쩍거리거든. 그 반사광 때문에 아파트 반상회에서 애들 시력 떨어진다며 반대하고 그랬어. 한마디로, 원더랜드라고 무조건 좋은 건 아니라 이거지."

"웃기시네. 그 아줌마들이 원더랜드 문 열면 제일 먼저 애들 데리고 줄 설걸?"

호준이가 이죽거리자 부반장은 뭐라 항변하려고 입을 크게 벌렸다. 하지만 미처 말이 나오기도 전에 연달아 다른 아이들의 비아냥이 매섭게 꽂혀 들었다.

"꼭 지가 그 동네 아파트에서 살아 본 것처럼 씨부렁거리네."

"그 동네로 다시 가서 살아, 인마."

"거기서도 빌빌거렸으면서 잘난 척이야?"

부반장은 발끈해서 소리쳤다.

"뭐? 누가 빌빌거렸다고 그래?"

"이야, 안 빌빌거렸단다. 울 부반장 강남에서도 먹어 줬나 보다."

"잘났어 증마알."

아이들은 부반장 앞에서 아줌마 텔런트를 흉내 내며 낄낄거렸다. 나는 부반장에게 물었다.

"야, 부반장. 너네 집에 새 게임팩 들어온 거 없어?"

놀려 대는 아이들에게 둘러싸여 쩔쩔매던 부반장은 시장에 내다 팔린 똥강아지 같은 눈망울로 나를 쳐다보았다. 난 눈을 부릅뜨고 다시 한 번 물었다.

"새 게임팩 들어온 거 없냐고."

"어, 아빠가 이번 주말에 출장 갔다 오실 때 사 온댔어. 무슨 팩이냐면……."

부반장이 말을 채 끝내기도 전에 내 옆에서 도시락을 까먹던 짝이 우렁차게 외쳤다.

"부반장네 집에 갈 사람 붙어라!"

나! 나도! 나 갈래! 방금 전까지 부반장을 놀리며 무시하던 아이들이 앞 다투어 손을 번쩍번쩍 들며 소리를 질렀다.

"누, 누구 맘대로 울 집에 와?"

아이들의 고함 소리에 부반장의 목소리는 순식간에 파묻혀 버렸다. 잠깐만, 저 자식들이 한꺼번에 다 쳐들어가면 내가 재믹스할 시간이 줄어들잖아? 나는 의자 위에 벌떡 올라서서 떠드는 아이들을 향해 냅다 소리 질렀다.

"누구 맘대로 부반장네 가나?"

아이들이 순식간에 조용해졌다.

"가지 마! 가려면 내 허락 받고 가. 알았냐?"

찬물 끼얹은 듯 조용해진 가운데 호준이가 오징어 다리를 우물거리며 말했다.

"야, 최승협. 너 혼자만 부반장네서 게임하려고 그러지? 나는 꼭 데려가야 돼. 알았어?"

이 자식은 이럴 때만 눈치가 더럽게 빠르다. 은우가 턱짓으로 부반장을 가리키며 내게 말했다.

"부반장이 너 자꾸 쳐다보는데?"

돌아보자 부반장은 안경을 벗어서 옷자락으로 닦으며 나를 흘끔흘끔 쳐다보고 있었다. 뭘 쳐다봐, 인마. 내가 한쪽 주먹을 들고 흔들어 보이자 부반장은 화들짝 놀라며 고개를 돌렸다.

"근데 넌 맨날 오락실에 살면서 뭘 또 재믹스를 한다고 난리야?"

내가 묻자 호준이가 신이 나서 대답했다.

"왜긴, 놀러 가면 먹을 거 엄청 많이 있을 거 아냐. 아, 나도 부반장네 놀러가 보고 싶다. 후랑크 소세지 같은 거 막 구워 주겠지?"

"어휴, 하여간 멧돼지 같은 자식. 허구한 날 처먹는 생각만 하고."

"너, 말 다 했냐?"

나는 씩씩거리는 호준이를 무시하고 부반장 자리로 갔다. 계집애처럼 보온병에서 보리차를 따라 홀짝홀짝 마시던 부반장이 나를 보고 화들짝 놀랐다.

"야, 좀 따라와 봐."

"어? 나? 왜?"

"아, 따라오라면 오라고. 한국말 못 알아들어?"

부반장은 마른침을 삼키며 나를 따라 교실을 나왔다. 나는 부반장을 데리고 화장실로 갔다.

"이번 주 일요일에 뭐 하나?"

"일요일엔 학원에 보충수업 들으러 가는데."

나는 부반장의 말은 무시하고 선언했다.

"일요일날 너네 집에 재믹스 하러 간다?"

부반장이 다급하게 말했다.

"일요일엔 집에 엄마 계셔서 안 돼. 토요일에 와."

"그래? 그럼 토요일. 호준이랑 은우도 같이 간다. 알았지?"

호준이랑 은우도 데려간다는 내 말에 부반장은 울상이 되었지만 안 된다는 말은 하지 않았다. 부반장은 내 말은 거절 못 한다. 왜냐하면 나한테 빚이 있으니까. 나는 예전에 본의 아니게 부반장을 한 번 도와준 적이 있다. 큰길 오락실 앞에서 등신처럼 옆학교 2학년들한테 돈을 뜯기고 있길래 지나가던 참에 구해 줬다. 물론 맨입으로 도와주지는 않았고 그날 저녁 내 갤러그 비용은 부반장이 전부 대 줬다. 부반장도 별로 억울하지는 않았을 거다.

어차피 내가 없었으면 다른 학교 녀석들한테 털리고 얻어터지기까지 했을 거다. 아무튼 그 뒤로 부반장은 내 부탁은 거절하지 못하게 되었다. 공장장 아버지 빽 때문에 함부로 때리거나 부려 먹을 수 없는 녀석인지라 아주 재미가 좋았다.

무엇보다도 부반장네 집에는 재믹스가 있다. 재믹스는 텔레비전에 연결해서 하는 게임기인데, 동전을 넣지 않아도 할 수 있다는 점이 무엇보다도 끝내줬다. 집이 웬만큼 사는 녀석들은 죄다 재믹스를 갖고 있었고, 재믹스 없는 애들은 어떻게든 재믹스 있는 애들하고 친해지려고 난리를 쳤다.

아무튼 용건은 끝났다. 화장실에서 먼저 나가는 나를 부반장이 다급한 말투로 불러 세웠다.

"자, 잠깐만. 너 혼자만 오면 안 돼?"

"싫어. 셋이서 갈 거야. 참, 후랑크 소세지나 많이 사다 놔라. 알았지?"

부반장은 기가 막힌 듯 입을 반쯤 헤벌린 채 나를 쳐다보았지만 결국 이번에도 안 된다고 말하지는 않았다. 그럼 그럼. 여러 명한테 시달리느니 나 하나한테 몰아서 당하고 마는 게 훨씬 낫지 않겠어? 누이 좋고 매부 좋다 이거지.

아, 모가지 땅겨.

호준이와 은우와 나는 나란히 서서 아파트 꼭대기에서 빙빙 돌아가는 요강같이 생긴 쇳덩이를 올려다보았다. 부반장네 집은 전철역 바로 옆에 지어진 15층짜리 으리으리한 신축 아파트였다. 문득 뒤통수가 따가운 느낌에 돌아보니 아파트 경비원이 의심에 찬 눈빛으로 우리를 노려보고 있었다. 나는 경비원을 마주 노려봐 주었다. 뭘 쳐다봐? 우리가 뭐 훔치러 온 것도 아닌데.

내가 부반장네 집에 온 것은 이번이 두 번째다. 지난번에는 우리반 애들이랑 떼로 쳐들어온 바람에 재믹스 몇 판 하지도 못하고 집에 돌아가야 했다. 이번에는 아주 뿌리를 뽑고 갈 테다. 우리는 엘리베이터에 올라탔다. 부반장네 집은 87호인 우리 집 번호와 비슷한 807호였다. 8과 7사이에 0 하나만 집어넣은 호수인데 부반장네 집은 하늘 꼭대기에 있고 우리 집은 한낮에도 볕이 잘 들지 않는 땅바닥에 버섯처럼 들러붙어 있다니 웃긴 일이었다.

8층에 도착한 우리는 긴 복도를 걸어가 807호 앞에서 초인종을 눌렀다. 그러자 초인종 아래쪽에 붙은 플라스틱 판에서 부반장의 목소리가 흘러나왔다.

"누구세요?"

호준이가 눈이 튀어나오게 놀라며 소리쳤다.

"우아, 뭐야 이거?"

예전에 놀러 왔을 때는 이런 거 없었는데. 나도 좀 놀랐지만 아무렇지도 않은 척 호준이에게 면박을 줬다.

"쪽팔리게 뭘 놀라고 그래?"

은우가 침착하게 전화기에 대고 말하는 것처럼 대답했다.

"부반장 친군데요."

현관문이 빼꼼 열리더니 부반장이 고개를 내밀었다. 우리는 냉큼 집 안으로 들어섰다. 호준이가 운동화를 벗으며 부반장에게 물어보았다.

"문밖에 소리 나는 거 뭐야?"

부반장은 거실 벽 한복판에 매달린 전화기 비슷한 기계를 가리키며 자랑스럽게 말했다.

"저거? 인터폰. 지난주에 새로 달았어."

호준이와 은우가 서로를 바라보며 물었다.

"인터폰이 뭐냐?"

"몰라. 가끔 드라마에 나오는 거 있잖아."

드라마에 나오는 물건을 집에 두고 산다니, 부잣집이 다르긴 다르다. 부반장네 집 현관이 딱 우리 집 부엌만 했다. 나는 신발을 벗고 운동장처럼 광활한 거실로 발을 내디뎠다. 그러자 부반장이 부리나케 쓰레빠같이 생긴 신발 한 켤레를 들고 오더니 내 발치에 내려놓았다.

"실내화 신어."

"뭐?"

이미 맨발로 거실에 올라선 호준이와 은우가 나와 부반장과 실내화를 번갈아 쳐다보았다. 여기가 학교도 아니고, 뭔 놈의 실내화?

"집에서 발 닦고 왔거든?"

내가 한마디 쏘아붙이자 부반장이 움찔했다. 호준이가 불만스러운 표정으로 말했다.

"뭐야, 나도 한번 실내화 신어 보자."

그러자 부반장은 표정이 확 굳더니 호준이를 쳐다보며 내쏘았다.

"안 돼. 두 켤레밖에 없어."

"야, 왜 최승협만 특별 취급이야?"

은우가 펄펄 뛰려고 폼을 잡는 호준이의 옆구리를 찔렀다.

"그냥 넘어가."

그래, 내 덕분에 왔는데 특별 취급 좀 받는다고 안 될 건 뭐냐. 실내화를 신자 구름처럼 폭신폭신하게 발을 감싸 왔다. 우리 셋은 침대만 한 가죽 소파에 나란히 앉아 부반장이 재믹스를 텔레비전에 연결하는 동안 백 퍼센트 과즙 무가당 오렌지 주스를 마시며 기다렸다.

커다란 유리창 밖으로 파란 하늘과 구름이 보였다. 베란다에 놓인 화분엔 밀림처럼 우거진 나무 이파리가 여름 바람에 살랑거렸다. 처음 '베란다'라는 단어를 들었을 때에는 무슨 만화에 나오는 악당 이름인 줄 알았다. 폭신한 소파에 앉아 베란다를 바라보며 오렌지 주스를 마시고 있자니 마치 내가 미국 영화 주인공이 된 것만 같았다.

"쿵푸랑 버블버블 새로 샀어. 버블버블 끝내주게 재미있는 거 알아? 처음에는 너구리랑 좀 비슷해 보이는데 해 보면 완전 달라. 머리를 굴리면서 해야 하는데……."

부반장은 새로 산 게임팩 설명을 늘어놓기 시작했다. 학교였다면 야유를 퍼부었겠지만 눈앞에 진짜 재믹스가 있으니 자랑도 들어 줄 만했다.

"어라? 이상하네. 조이패드가 어디 갔지?"

한창 서랍장을 뒤지던 부반장이 벌떡 일어나더니 방으로 뛰어 들어갔다. 얼마 후에 부반장은 시무룩한 얼굴로 나오더니 말했다.

"오늘은 재믹스 못하겠다."

이게 무슨 청천벽력이냐. 우리는 입을 모아 소리쳤다.

"뭐? 왜?"

"엄마가 나가기 전에 조이패드 숨겨 놨나 봐. 나 기말고사 성적 떨어졌다고……. 그냥 비디오나 보자."

망했다. 재믹스 하러 왔는데 재믹스를 못 한다니. 당상 자리를 박차고 일어나 부반장의 뒤통수를 오지게 후려갈겨 주고 집으로 돌아간다…… 라는 건 내 머릿속에서만 그려지는 상황이었을 뿐, 소파가 너무 폭신해서 도저히 일어날 수 없었다. 나는 시큰둥하게 물었다.

"무슨 비디온데?"

"디즈니 비디오. 우리 아빠가 이번에 미국 L.A. 고모 집에 갔다가 사 온 거야."

부반장은 서랍장에서 영어가 쓰인 비디오테이프를 꺼내 비디오데크에 집어넣었다. 곧이어 어디서 많이 들어 본 흥겨운 음악과 함께 마법의 성이 빛나는 디즈니랜드의 풍경이 펼쳐졌다. 미키 마우스와 미니 마우스, 도널드 덕이 공주 드레스를 입은 금발 여자들과 함께 신나게 나팔을 불며 행진했다. 셀 수 없이 많은 미국 사람들이 박수를 치며 미키 마우스 행렬을 쫓아갔다.

나는 홀린 듯이 화면을 바라보았다. 씩씩하게 행진하는 사람들, 큰북 소리, 하늘 높이 힘차게 휘날리는 붉고 하얀 깃발들. 디즈니랜드의 퍼레이드는 내 기억 속에 있는 그 축제와 똑같았다. 다만 화면 속에서 터지는 폭죽은 불발탄이 아니라 찬란한 불꽃이 되어 밤하늘을 물들였다. 아무도 내가 갔던 그 축제의 사람들처럼 목숨을 걸고 뛰지 않았다. 그들은 질서 정연하게 서서 손뼉을 치고 비싸 보이는 사진기 셔터를 계속 눌러 댔다. 다들 통통하고 새하얀 얼굴에 볼을 발갛게 물들이고 육중한 배를 흔들며 숨이 넘어가게 웃어 댔다. 나는 텔레비전을 뚫어지게 바라보았다.

"드럽게 재미없다. 뭐 저런 유치한 걸 보냐? 딴거 없어?"

호준이가 늘어지게 하품을 하며 말했다. 디즈니랜드의 영상에 푹 빠져 있던 나는 움찔 놀랐다.

"딴거?"

"홍콩 영화 같은 거 없어?"

"홍콩 영화? 우리 아빠는 그런 거 잘 안 보는데…… 한번 찾아는 볼게."

부반장은 한참 동안 서랍을 뒤져 비디오테이프를 꺼내 왔다. 하필이면 옛날에 삼촌 집에서 몇 번이나 봤던 거였다. 나는 그냥 디즈니랜드 비디오를 더 보고 싶었지만 유치하다는 소리를 듣기 싫어서 그냥 입을 다물었다. 화면에 변발을 한 이연걸이 등장하자 호준이와 은우는 텔레비전 앞에 딱 달라붙어서 움직이지 않았다. 지루하게 하품을 하는 나에게 부반장이 물었다.

"재미없어?"

"어. 예전에 다 본 거라서 재미없어. 뭐 할 거 없냐?"

"그럼 내 방에서 만화책 볼래?"

재믹스가 없으면 비디오 보면 되고, 비디오가 싫증 나면 만화책 보면 되고. 놀거리가 끝도 없이 튀어나오는 것이 원더랜드 뺨쳤다. 나는 부반장을 따라 방으로 들어갔다. 널찍한 부반장 방에서 제일 눈에 띄는 건 천장에 닿을 정도로 커다란 책꽂이를 가득 채운 책들이었다. 교과서와 참고서, 세계 문학 전집이 가득 꽂혀 있었다. 최은경 여기 데려다 놓으면 좋아서 까무러치겠네. 내가 부러운 건 책꽂이의 맨 아래 칸에 가득 꽂힌 만화책과 만화 잡지들이었다. 세상에 자식한테 불량 도서인 만화책을 사 주는 부모님이라니. 도대체 돈이 얼마나 남아돌아야 만화책까지 돈 주고 사서 볼 수 있는 걸까.

"아! 맞다. 너 부루마블 할래?"

"어? 어. 맘대로 해."

만화책 무더기에 넋이 나간 나는 듣는 둥 마는 둥 대답했고 부반장은 부루마블을 가지러 방을 나갔다. 나는 방바닥에 주저앉아 무슨 만화책을 제일 먼저 봐야 하나 고심했다.

만화 잡지들이 쌓여 있는 마지막 칸 맨 오른쪽에 꽂힌 책의 제목이 내 눈을 사로잡았다.

《보물왕국》7월호.

나는 홀린 듯이 손을 뻗어 그 두툼한 잡지를 끄집어냈다. 왼손으로 책을 받쳐 들고 오른손으로 책장을 천천히 넘겼다. 보통 때였다면 앞 장은 그냥 넘기고 인기 만화부터 먼저 찾아 봤겠지만, 그 순간만은 만화에 털끝만큼의 신경도 쓰이지 않았다. 권두에 컬러 페이지를 펼치자 인기 드라마에 나오는 아역 탤런트가 활짝 웃으며 갖가지 경품을 소개하는 사진이 나왔다. 보루네오 가구 책상 1명, 삼천리 자전거 3명, 재믹스 2명, 배구공 10명, 부반장네 집에 있는 갖가지 물건들이 사진 속에 전부 들어 있었다. 그리고 바로 뒤 페이지에는 스포츠 신문에서 보았던 마법의 성의 사진과 함께 화려한 활자체로 이런 문구가 쓰여 있었다.

그 순간 내 머릿속을 가득 메운 것은 단 한 가지 기억이었다. 며칠 전 학교 폐휴지함에서 끄집어낸 《소년조선일보》에 실린 광고였다. 광고에는 보물왕국에 들어 있는 응모권을 애독자 카드에 붙여 보내면 총 서른다섯 명을 추첨해서 원더랜드 개장 행사에 무료로 초대한다고 쓰여 있었다.

그래. 분명히 《보물왕국》 7월호라고 했다. 지금 내 손에 들려 있는 바로 이 책!

경품 광고가 실린 면의 맨 아래 귀퉁이에는 세모 모양의 응모권이 인쇄되어 있었다. 나는 눈을 크게 뜨고 응모권을 쳐다보았다.

손바닥에 땀이 맺혔다. 땀을 빨아들인 책장이 눅눅하게 구겨져 들어갔다. 심장이 터질 듯이 뛰며 온몸의 감각이 곤두섰다. 나는 잡지를 든 채로 뒷걸음질해서 방문을 발뒤꿈치로 슬쩍 밀어서 닫았다. 방문이 닫히는 것과 동시에 응모권이 있는 페이지를 움켜쥐고 그대로 아래로 찢어 내려는 찰나.

"여기 부루마블 가져왔어!"

닫힌 문이 벌컥 열리더니 부반장이 커다란 부루마블 게임 상자를 끌어안고 들어왔다. 심장이 자유낙하 하는 것 같았다. 나는 엉거주춤한 자세로 부반장을 쳐다보았다. 간발의 차이로 페이지를 찢어 내지 못했다. 빌어먹을 녀석, 더도 말고 덜도 말고 딱 십 초만 늦게 들어올 것이지. 뭐 묻은 놈이 다른 놈 나무라는 심정으로 나는 부반장에게 냅다 고함쳤다.

"빌어먹을, 누가 부루마블 하고 싶대?"

"어? 네가 아까 하자고 그랬잖아?"

내 신경은 온통 손 안의 《보물왕국》 7월호에만 쏠려 있었다. 어쩌지, 나는 이 책이 필요하다. 정확히는 이 책 안에 들어 있는 응모권이 필요하다. 반장은 불만 가득한 말투로 항변했다.

"아까 전에 내가 너한테 물어봤을 때 분명히……."

"부반장."

"어?"

나는 대뜸 부반장의 얼굴 앞에 잡지를 들이대며 말했다.

"나, 이거 빌려 주라."

그러자 부반장은 들고 있던 부루마블 상자를 바닥에 내팽개쳐 버리더니 내 손에서 잡지를 확 낚아채며 소리 질렀다.

"뭐? 안 돼!"

이놈 봐라? 부반장의 완강한 태도에 나는 내심 놀랐다. 부반장은 잡지가 소중한 보물이라도 되는 듯이 품에 꼭 안고 얼굴을 일그러트리며 중얼거렸다.

"나도 아직 다 안 봤단 말이야."

"다 보고 돌려줄게."

"거, 거짓말. 너 지난달에도 내 사인펜 빌려 가서 아직도 안 돌려주고 있잖아?"

"맞다, 그거 7반 애들이랑 짤짤이 하다가 털렸……."

헉, 그만 말이 헛나왔다. 부반장의 얼굴이 허옇게 질리더니 결연하게 잘라 말했다.

"안 돼! 절대 안 돼."

"야, 누가 그냥 달랬냐? 빌려 달랬지!"

"안 된대도!"

의외로 끈질기게 나온다. 나는 초조해져서 부반장을 구슬리기 시작했다.

"진짜 딱 하루만 보고 돌려준다니까?"

"네 친구들이랑 돌려 볼 거 아냐. 나는 새 책 더러워지는 거 질색이란 말이야!"

"무슨 계집애도 아니고 유난을 떨어? 알았다, 알았어. 나 혼자만 보고 깨끗하게 돌려줄게. 이제 됐냐?"

부반장은 의심이 가득 찬 눈으로 나를 노려보았다. 조금만 더 구슬리면 넘어오겠다.

"알았어. 빌려 줄게. 그 대신……."

"대신, 뭐?"

이게 잘 나가다가 갑자기 조건을 걸어? 나는 불안한 마음으로 부반장을 바라보았다. 부반장은 앙다문 입술을 달싹거리며 뭐라 말을 꺼내려다가 다시 입을 다물었다. 이 녀석 왜 이래? 한참 만에 부반장이 입을 열었다.

"……일주일에 한 번씩 우리 집에서 재믹스 하고 가."

이게 바퀴벌레 약이라도 주워 먹었나? 부반장의 말에 나는 어안이 벙벙해졌다. 나야 매 주말마다 공짜 게임 시켜 준다면 고맙지만 무슨 조건이 이 따위로 허탈하냐.

"좋아. 그럼 호준이랑 은우도 같이 하러 와도 되지?"

그러자 부반장은 다급하게 외쳤다.

"걔네 둘은 안 돼! 너 혼자만 와."

"왜?"

"아무튼 안 돼. 걔네 둘 데리고 오면 책 안 빌려 줄 거야."

나는 되고, 내 친구들은 안 된다니 이건 또 무슨 해괴한 심보냐? 하지만 가타부타 따질 겨를이 없었다. 오로지 당장 이《보물왕국》7월호와 응모권을 손에 넣는 것만이 중요했다. 나는 망설임 없이 고개를 끄덕였고 부반장은 미적거리는 태도로 잡지를 내 손에 넘겨주었다.

"아싸!"

잡지를 받아들자마자 나는 부반장의 어깨를 밀어젖히고 방에서 뛰어나가 홍콩 영화 삼매경에 빠져 있는 호준이와 은우에게 소리 질렀다.

"장호준! 이은우! 집에 가자!"

"어? 벌써? 비디오 아직 안 끝났는데?"

은우가 눈을 동그랗게 뜨고 물었다. 호준이도 불만스럽게 되물었다.

"아직 소세지도 안 먹었는데?"

"이만큼 놀았으면 됐지 뭘 계속 붙어 있어?"

지금 비디오가 문제냐. 나는 빛의 속도로 신발을 신고 현관문을 열어젖혔다. 호준이와 은우는 툴툴거리며 나를 따라 나왔다. 두 녀석에게는 조금 미안했지만 일 초라도 빨리 이 집을 빠져나가 잡지에서 응모권과 애독자 카드를 찢어 내고 싶어서 견딜 수가 없었다. 부반장이 현관 밖까지 나를 졸졸 쫓아 나오더니 오줌 마려운 개 같은 표정으로 물었다.

"최승협, 너 혹시 재믹스 안 시켜 줘서 가는 거야?"

"몰라. 신경 꺼. 난 간다."

"잡지 꼭 돌려줘야 돼?"

"아 진짜, 안 떵겨 먹는대도."

엘리베이터 문이 열렸고 나는 은우와 호준이를 끌고 엘리베이터에 올라탔다. 문이 닫히는 동안에도 부반장은 나를 향해 끈질기게 말했다.

"약속 잊으면 안 돼!"

호준이가 어처구니없다는 듯 물었다.

"저 자식 왜 저래?"

은우는 어깨를 으쓱하며 대꾸했다.

"승협이 좋아하나 봐."

"무슨 헛소리야?"

"이러니저러니 해도 우리 반에서 부반장 말 상대는 승협이가 제일 많이 해 주잖아."

옆에서 뭐라고 떠드는지 들리지도 않았다. 엘리베이터에서 내리자마자 나는 잡지를 쫙 펼치고 응모권이 붙은 페이지부터 뜯어 내고 이어서 애독자 카드를 뜯어 냈다. 이제 볼일 끝났다. 나는 필요 없어진 잡지를 호준이에게 던져 주었다.

"너나 봐라. 난 먼저 간다."

"뭐? 벌써 다 봤어?"

나는 어리둥절해하는 친구들을 뒤로하고 마구 달려 아파트 단지를 빠져나갔다. 큰길 한복판에서 찢어 낸 페이지를 펼쳐 들었다. 세모난 응모권이 여름 햇살 아래 황금처럼 찬란한 빛을 발했다. 드디어 기회를 손에 넣었다. 원더랜드에 갈 수 있는 기회, 단 하루만이라도 지긋지긋한 골목길과 단칸방에서 탈출할 수 있는 황금 같은 기회를.

응모권을 구했지만 내 앞에는 아직도 넘어야 할 산이 남아 있었다. 응모권을 우편으로 부치는 일이었다. 응모권을 애독자 카드에 붙여 《보물왕국》 편집부 담당자 앞으로 보내야 했다. 응모권을 보내려면 팔십 원짜리 우표가 필요하다. 문제는 지금 내 수중에 돈이 한 푼도 없다는 사실이었다. 팔십 원은커녕 십 원도 없었다. 엄마한테 돈 타낼 구실도 이제 없는데 어쩐다. 호준이나 은우한테 꿀까? 둘 다 주머니 사정 고만고만한데 나한테 빌려 줄 돈이 있을 리가 없다. 그럼 다른 애들한테 꿔? 내가 툭하면 애들에게 돈 꾸고 다니는 바람에 이제 어지간하면 안 꿔 주려고 한다. 자식들이 선생한테 일러바치기라도 하면 골치 아프다. 한 번만 더 선생님이 집으로 전화하면 난 엄마한테 맞아 죽는다.

더 큰 문제는 시간이었다. 7월 1일 당일 소인 유효라는데, 오늘이 벌써 6월 29일이다. 보통 편지가 도착하려면 최소한 나흘에서 일주일이 걸린다는데……. 그나저나 '당일 소인 유효'가 무슨 뜻이지? 유식한 동생한테 물어봐야겠다.

"야, 당일 소인 유효라는 게 뭔 뜻이야?"

내 질문에 동생은 역시나 코웃음부터 쳤다.

"그런 것도 몰라?"

하여간 물어보는 말에 곱게 대답하는 법이 없다. 저래서야 나중에 어디 시집이나 갈 수 있겠냐.

"당일, 그러니까 해당하는 날의 우체국 소인을 인정해 준다는 뜻이야."

"뭔 말인지 더 모르겠다. 좀 알아먹기 쉽게 설명해 봐."

"아우 진짜, 예를 들자면 마감일이 6월 29일이잖아? 그러면 6월 29일 그날에 우체국에 가서 보내도 인정을 해 준다는 거야. 꼭 6월 29일이 되기 전에 도착하지 않아도 괜찮다는 거지."

"아싸, 그럼 보내도 되겠다!"

내가 펄쩍 뛰며 기뻐하자 동생이 눈을 깜박이며 물었다.

"그런데 뭘 보내려는데?"

"원더랜드 응모권."

동생은 책을 덮으며 소리쳤다.

"원더랜드? 이번에 생기는 놀이공원 말하는 거야?"

"어, 엽서에 응모권 붙여서 보내면 뽑아서 원더랜드에 공짜로 보내 준대."

동생은 부리나케 내 옆으로 다가오더니 잡지에서 찢어 낸 응모권을 들여다보았다. 그동안 책만 들이파며 원더랜드 같은 데는 별 관심 없는 척하더니 눈동자가 초롱초롱하는 게 속으로는 엄청 가고 싶었던 모양이다.

"몇 명이나 뽑아 주는데?"

"서른다섯 명."

눈을 반짝이던 동생은 내 말에 어처구니없다는 표정을 지었다.

"참 나. 그 안에 오빠가 낄지 어떻게 알고 응모를 해?"

"도와줄 거 아니면 초 치는 소리나 하지 마라, 엉?"

엄마가 야근을 마치고 돌아왔다. 엄마는 언제나처럼 상을 펴고 앉아 심장 재단에 보내는 편지를 쓰기 시작했다. 나는 부리나케 엄마에게 말했다.

"엄마, 나 팔십 원만 다음 달 용돈에서 좀 땡겨 줘."

"뭐라고?"

돈 이야기를 꺼내자마자 엄마의 눈이 굶주린 맹수처럼 번뜩였다.

"뭔 돈이 필요한데?"

"편지 좀 부칠 데가 있어서."

"무슨 편지를 누구한테 보내는데?"

"어? 그게……."

실수했다. 핑계 거리를 미리 생각해 놓고 말을 꺼내는 건데. 국군 장병 위문 편지라고 할까? 아, 그건 지난달에 벌써 써먹었지 참. 이놈의 돌대가리는 왜 매번 일을 저질러 놓고 나서야 굴러가는지. 동생이 불쑥 끼어들었다.

"오빠 원더랜드 응모한대."

저게 진짜! 나는 동생의 머리통에 꿀밤을 때리고 싶은 충동을 간신히 억눌렀다. 엄마는 정색을 하며 되물었다.

"원더랜드? 그게 뭔 소리냐?"

"잡지에서 원더랜드에 공짜로 보내 주는 행사 하거든, 거기 응모 좀 해 보려고."

"뭐 그 따위 쓸데없는 짓에 돈 낭비를 해?"

"원더랜드 자유 이용권이 무려 만 원이래, 엄마. 만 원짜리를 팔십 원에 갈 수 있는 기회라고. 자그마치 구천구백이십 원이나 아낄 수 있는 기회인데 이대로 날리면 아깝잖아?"

"시끄러워. 공부나 해."

"아, 팔십 원만 좀!"

엄마는 벌떡 일어나서 집이 떠나가라 소리 질렀다.

"요놈의 새끼가 중학생씩이나 되어서 뭐가 어쩌고 어째? 에미는 늬들 벌어 멕이느라고 밑이 빠지는데, 팔십 원은 돈도 아니냐? 팔십 원이면 우표 한 장을 더 산다, 니 동생 목숨 살려 낼 우표 말이야!"

"참 나, 우표 딱 한 장 빠진다고 쟤가 바로 죽어?"

홧김에 내뱉자마자 실수했다는 것을 깨달았다. 하지만 이미 늦었다. 머리끝까지 화가 난 엄마는 빗자루를 휘어잡았다.

"이놈 새끼가 말하는 거 봐라?"

동생 앞에서 두드려 맞아 쪽팔리는 것보다 팔십 원을 타 내지 못한 게 더 큰일이었다. 빗자루로 내 궁둥이와 등짝을 흠씬 두들긴 엄마는 무슨 일 있었느냐는 듯 초연하게 편지를 마저 쓰고 서랍에서 봉투와 우표 묶음을 꺼냈다. 봉투를 봉한 엄마는 우표를 붙이려다 말고 화장실에 갔다.

엄마가 나가자 상 위에 놓인 우표 묶음이 눈에 확 들어왔다. 나 좀 봐라, 뭣하러 엄마한테 돈 달라고 징징거렸지? 바로 눈앞에 우표가 수십 장이 넘게 있는데. 나는 곧바로 손을 뻗어 우표첩 맨 뒷장에서 우표를 한 장 떼어 냈다. 우표를 떼어 낸 다음에야 나는 동생이 바로 뒤에서 뚫어지게 쳐다보고 있다는 사실을 깨달았다. 나는 동생에게 엄포를 놓았다.

"너, 엄마한테 이르면 죽는다."

"도둑놈."

망할 계집애 지껄이는 싸가지를 보니 곱게 넘어가 줄 것 같지가 않았다.

"아 좀! 이르지 말라니까. 너랑 상관도 없는 일이잖아?"

그러자 동생은 팔짱을 끼더니 거만하게 말했다.

"좋아. 엄마한테 말 안 할 테니까 대신."

너도 조건이냐? 젠장. 나는 건성으로 대답했다.

"대신, 뭐?"

"당첨되면 나도 원더랜드 데려가."

잠깐만…… 분명히 당첨자 한 사람 앞에 표 한 장밖에 안 준다고 그랬던 것 같은데. 하지만 지금 상황을 모면하는 게 우선이다. 나는 대충 알았다고 고개를 끄덕이고 훔친 우표를 바지 주머니 깊숙이 집어넣었다.

다음 날 아침, 나는 엄마 아빠가 출근하자마자 책가방에서 애독자 카드를 꺼내 응모권과 우표를 붙였다. 카드를 다 쓰고 나서도 혹시나 집 주소를 잘못 쓰지 않았나 싶어 동생한테 몇 번이나 확인해 달라고 했다. 만에 하나 당첨이 되었는데 다른 집으로 연락이 가면 낭패니까.

3

원더랜드로

"오늘 잡지 나왔어?"

학교 마치고 집에 들어가자마자 동생이 부리나케 물었다. 나는 고개를 저었고 동생은 김샌 표정을 지었다.

당첨자 명단은 7월 15일에 발행되는 《보물왕국》 8월호 지면에 게재합니다.

《보물왕국》 7월호에는 그렇게 적혀 있었다. 나랑 동생은 오매불망 8월호가 나오기만을 기다리는 중이었다. 나는 7월 12일부터 책방에 들러 보물왕국 8월호가 나왔는지 확인했다. 발행일까지 아직 사흘이나 남았는데도 밤잠을 이룰 수 없었다. 과연 내가 당첨자 서른다섯 명 안에 들까? 떨어졌을지도 모른다. 그냥 떨어졌다고 생각해야지. 솔직히 붙을 가능성은 거의 없다. 우리나라

인구가 몇 명이고, 중학생은 몇 명이겠어. 하지만 아무리 그렇게 생각하려고 애써도 발길이 저절로 책방으로 향하는 것은 막을 수 없었다.

마침내 15일 아침이 밝았다. 나는 학교가 끝나자마자 쏜살같이 책방으로 달려갔다. 책방 입구에 이번 달에 새로 나온 잡지들이 층층이 쌓여 있었다. 마침 주인 아저씨가 《보물왕국》8월호 무더기를 한데 묶은 노끈을 가위로 잘라 내고 있었다. 끈이 풀리기가 무섭게 나는 8월호를 한 권 집어 들었다. 사지도 않으면서 매일 잡지 책만 들춰 보고 가는 나에게 책방 아저씨가 도끼눈을 떴지만 신경도 쓰이지 않았다. 나는 황급히 책장을 넘겼다. 권두 컬러 페이지와 유덕화 CF 촬영 현장 스케치, 각종 연재 만화 페이지를 빠르게 지나쳐 거의 맨 마지막 페이지를 펴 들었다.

창간 10주년 기념 대잔치 당첨자 발표!

전국에서 총 3천 5백 87명의 중학생 여러분이 응모해 주었습니다.

(주)원더제과 협찬 '원더랜드' 개장 기념 행사 무료 초대권 (35명)

눈알이 만화영화에 나오는 고양이처럼 뽕 튀어나올 것만 같았다. 학교 출석부처럼 수많은 아이들의 이름이 가나다순으로 늘어서 있었다. 나는 마른침을 삼키며 내 이름을 찾아 내려갔다. 최경자, 최민식, 최민정, 뭘 최씨 성 가진 놈들이 이렇게 많아? 최승수, 최승…….

순간 시간이 멈추었다.

"최승협! 왜 자꾸 혼자서만 뛰어가고 그래?"

내 뒤를 쫓아온 은우와 호준이가 책방에 들이닥쳤다.

"뭔 일이야?"

나는 잡지책을 두 손으로 움켜잡은 채 뒤를 돌아보았다. 목소리가 벌벌 떨려 나왔다.

"나 당첨됐다."

"뭐라고?"

은우와 호준이가 동시에 소리치며 내 등 위로 달려들었다. 호준이는 얼어붙은 내 손에서 잡지를 빼앗아 들고 명단에서 내 이름을 찾아냈다.

"서울 구로구 최승협, 정명중학교 3학년. 진짜네?"

"뭐? 뭐에 당첨됐는데?"

"원더랜드 무료 초대!"

"우와아아!"

호준이와 은우는 괴성을 지르며 내 목을 휘어 감고 머리와 등짝을 주먹으로 미친 듯이 쥐어박았다. 나는 친구들과 한 덩어리가 되어 책방 밖으로 굴러 나갔다. 당첨이다! 무려 삼천오백팔십일곱 명 중에서 서른다섯 명 안에 들었다. 허구한 날 끝에서 5등, 7등만 하던 내가 말이다. 평생 동안 아무도 모르는 구석에 처박혀 있던 나의 모든 행운이 마침내 이 순간을 위해, 원더랜드를 위해서 한꺼번에 터져 나온 것만 같았다. 마치 폭죽처럼.

쏜살같이 집으로 달려간 나는 동생에게 제일 먼저 자랑했다.

"오빠 당첨됐다!"

"뭐야, 진짜로? 진짜 당첨됐어?"

끼아악 비명을 지르며 동생이 이불을 걷어차고 내 허리에 매달려 펄쩍펄쩍 뛰었다. 우리는 모처럼 한마음 한뜻이 되어 온 집 안을 몸으로 쓸고 굴러다니며 기쁨을 만끽했다. 동생이 상기된 어조로 말했다.

"원더랜드 언제 가? 엄마한테 도시락 싸 달라고 해야지!"

"뭐? 네가 왜 도시락을 싸 달라고 하나?"

내 말에 발그레하던 동생의 얼굴이 싹 굳었다.

"왜냐니? 당첨 되면 나도 원더랜드 데리고 가기로 했잖아?"

……내가 그랬나? 나를 바라보는 동생의 눈빛이 점점 귀신처럼 변하는 걸 보니 내가 그랬나 보다. 제길, 귀찮게 됐다.

"표가 한 장밖에 안 나와서 너는 못 데려가."

내 대답에 동생이 서슬퍼런 얼굴로 소리 질렀다.

"오빠, 나한테 거짓말한 거야?"

"거짓말한 게 아니라 표가 한 장밖에 없어서 못 데려간다니까?"

"그럼 처음부터 안 된다고 말했어야지!"

"야, 내가 첨부터 안 된다고 했으면 니가 엄마한테 내가 우표 갖고 갔다고 일러바쳤을 거 아냐?"

동생은 얼굴이 새빨갛게 달아오르더니 갑자기 내 가슴팍에 달려들어 옷섶을 마구 쥐어뜯기 시작했다.

"약속 지켜, 나한테 한 약속 지키라고!"

동생은 눈물까지 흘리며 고함을 질렀다. 동생이랑 실랑이를 벌이는 와중에 엄마와 아빠가 말다툼을 하며 집으로 들어왔다.

"썩어빠진 놈들. 냉큼 서명할 때는 언제고 부딪칠 때 되니까 뒤로 쏙 빠져? 고참이라는 것들이 말이야. 일 년 넘게 고생한 학출 선생들은 뭐가 돼?"

"홍 선생이라는 양반이 사사건건 먹물 든 티를 내니 고참들허구 자꾸 부딪치는 거 아니유."

"하나라도 더 배울 생각은 않고 트집만 잡으려 드는 게 잘못이지. 그러니 무지렁이 소릴 듣는 게 아냐!"

아니나 다를까 엄마가 신발을 벗기도 전에 동생이 달려가 냅다 일러바쳤다.

"엄마 아빠, 오빠가 나한테 거짓말 쳤어. 뭐라고 좀 해 봐!"

"또 뭔 일이야? 이놈 새끼들은 하루라도 조용히 넘어가는 날이 없어!"

동생은 눈물 콧물 범벅이 된 얼굴로 엄마를 붙들고 내가 저를 원더랜드에 안 보내 준다며 난리를 피웠다. 동생의 이야기가 채 끝나기도 전에 엄마는 나에게 딱 잘라 말했다.

"그 원더랜든지 뭔지 은경이 보내 줘라!"

"뭐? 내가 당첨된 건데 왜 쟤를 보내?"

내가 펄쩍 뛰자 엄마는 나를 인간 말종 보듯이 노려보며 말했다.

"넌 오빠가 되어 가지고는 느이 동생 불쌍하지도 않아?"

옆에서 아빠도 거들었다.

"그래, 승협이 네가 양보해라."

"이건 내 거야! 내가 구한 표라고!"

"너는 오빠가 되어서는 왜 그렇게 저밖에 모르냐?"

기가 막혔다. 왜 나밖에 모르냐니, 이건 내 표다. 내가 내 이름으로 응모해서 받은 내 표란 말이다. 왜 저 계집애한테 양보를 해야 하는데? 나는 분통을 이기지 못하고 악을 썼다.

"어차피 저 기집애는 놀이 기구 몇 개 타지도 못하고 빌빌거릴 텐데 뭐하러 가? 놀이 기구 타다가 심장마비 걸려서 죽고 싶어서?"

동생이 갑자기 대성통곡을 하기 시작했다. 그와 동시에 눈앞에 불이 번쩍하더니 귓속에서 징 두들기는 소리가 울렸다. 한발 늦게 나는 아빠한테 귓방망이를 얻어맞았다는 사실을 깨달았다. 아빠가 태어나서 처음 보는 무서운 얼굴로 나에게 뭐라고 마구 퍼부었지만 귓속이 징징 울려서 하나도 들리지 않았다. 나는 주먹을 부르쥐고 악을 썼다.

"어 그래! 최은경 보내, 보내라고! 가서 나 대신 죽을 때까지 신나게 놀라고 해!"

나는 집을 뛰쳐나왔다. 너무 억울해서 눈물이 나왔다. 왜 나만 포기해야 돼? 동생은 아프고 불쌍하니까, 나는 멀쩡하고 오빠니까? 동생만 싸고도는 것도 억울한데 원더랜드 표까지 포기하라고? 그 잘난 심장병 때문에 내 평생의 행운을 맨입으로 가져가겠다고?

끝없이 치밀어 오르는 화 때문에 눈앞이 새빨갰다. 누구라도 눈에 걸리기만 하면 죽기 직전까지 두들겨 패 주고 싶었다. 나는 이를 득득 갈며 눈에 불을 켜고 주변을 두리번거렸지만 그날따라 나한테 맞아 줄 만큼 만만한 녀석은 한 명도 보이지 않았다.

다음 날 아침 나는 평소보다 한 시간이나 일찍 일어났다. 열이 올라서 제대로 잠을 이루지도 못했다. 평소처럼 가방을 싸서 집에서 나오려는데 맞은편 구석에서 자고 있는 동생이 눈에 띄었다. 코까지 골며 자는 모습을 보니 화가 다시금 치솟았다. 잠든 동생의 발치에는 동생이 보는 책들이 가지런히 쌓여 있었다. 나는 아무리 봐도 뭐가 재미있는지 모르겠는 두꺼운 책들 위에는 중학교 검정고시 대비 참고서들이 올려져 있었다. 동생은 요즘 며칠 동안 참고서만 죽어라 들이파는 중이었다. 그러고 보니 검정고시를 다음 달에 친다고 했지…….

순간 마음속에 악랄한 충동이 일어났다. 나는 동생의 검정고시 참고서를 죄다 내 책가방에 쑤셔 넣고 소리 없이 집을 나와, 학교 앞에 서 있는 폐휴지 트럭에 참고서를 던져 넣었다. 최은경 망할 계집애, 어디 그 잘난 머리로 한번 참고서 없이 검정고시 통과해 봐라. 잠에서 깨어난 동생이 혼비백산하는 꼴을 상상하니 기분이 조금 풀렸다.

학교가 파하고 집으로 돌아가자마자 역시, 하루 종일 없어진 참고서를 찾느라 얼이 빠져 있던 동생이 득달같이 달려들었다.

"내 참고서 어쨌어?"

"무슨 소리야?"

나는 시치미를 뚝 뗐다. 동생은 내 팔을 마구 잡아당기며 외쳤다.

"오빠가 숨겼지? 당장 내놔!"

"뭘 숨겼다는 거야? 난 몰라."

동생이 미친 듯이 화를 내며 소리를 질러 댔지만 싹 무시했다. 동생은 내 책가방을 빼앗아서 멋대로 뒤지기 시작했다. 백날 뒤져 봐라, 거기서 네 책이 나오나. 나는 웃음을 참으며 아무렇지도 않은 척 주워 온 만화책을 뒤적였다. 동생이 텅 빈 책가방을 나에게 확 집어 던졌다.

"이 망할 자식아, 내 참고서 물어내!"

"너 지금 나한테 욕했나?"

"닥치고 내 책이나 물어내, 물어내라고! 나 검정고시 떨어지면 네가 책임질 거야?"

"너도 그럼 내 원더랜드 표 물어내든가!"

나도 만화책을 마주 집어던지며 소리쳤다. 유식한 척 잘난 척할 때는 언제고 온갖 욕을 주워섬기며 펄펄 뛰던 동생의 얼굴이 하얀색에서 파란색으로, 그리고 다시 보라색으로 변해 갔다. 순간 가슴속에 불길한 예감이 스쳤지만, 무시했다. 한참 동안 날뛰던 동생은 폐병 걸린 할망구처럼 꺽꺽 소리를 내더니 바람 빠진 풍선처럼 이불 위에 주르륵 내려앉았다. 어쨌거나 조용해졌으니 됐다. 나는 동생에게 집어 던졌던 만화책을 다시 주워 읽었지만 내용이 눈에 잘 들어오지 않았다.

그러고서 나는 잠깐 졸았던 모양이다. 밤이 깊어 갈 무렵에 오줌이 마려워 잠에서 깨어났다. 오줌을 누고 들어왔더니 동생이 제 이불 위에 납작 엎드려서 개가 끙끙거리는 듯한 소리를 내고 있었다. 나는 신경 쓰지 않고 다시 드러누워 자려고 했다. 그런데 얼핏 동생이 얼굴을 묻은 이불 위에 손바닥만 한 시커먼 얼룩이 보였다. 가슴이 덜컹 내려앉은 나는 동생을 억지로 돌려 눕히고 소리 질렀다.

"야! 괜찮아?"

동생은 내 말을 알아듣지 못했다. 동생의 얼굴을 만진 손바닥이 축축했다. 나는 기겁하며 일어나 전등불을 켰다. 동생의 얼굴과 이불이 온통 새빨간 코피로 범벅이었다. 동생은 설익은 가지처럼 시퍼렇게 질린 얼굴로 끊어질 듯 말 듯 간신히 숨을 쉬었다. 나는 동생을 끌어안은 채 넋이 나갔다. 옛날에 경기 일으켰을 때에 엄마가 어떻게 했더라? 아무 생각도 나지 않았다. 죽는 거야? 최은경 죽는 거야?

"아이구, 은경아!"

야근에서 돌아온 엄마가 비명을 질렀다. 엄마는 동생을 들쳐업고 큰길로 뛰었고 내가 지갑을 챙겨 그 뒤를 쫓았다. 우리는 택시를 타고 동네에서 가까운 종합병원 응급실로 달려갔다. 한참을 기다린 끝에 의사가 동생을 진찰하고는 엄마에게 뭐라 뭐라 잔소리를 늘어놓았고 엄마는 죄인처럼 연신 고개를 숙였다. 얼마 후 야근을 마친 아빠가 병원으로 달려왔고, 아빠는 의사가 시키는 대로 동생의 입원 수속을 밟았다.

무릎이 마구 떨렸다. 나 때문이다. 동생은 나 때문에 경기를 일으킨 거다. 지난 몇 년 동안 한 번도 이렇게 심각한 경기를 일으킨 적이 없었는데…… 저대로 죽어 버리기라도 하면 어쩌지? 빌어먹을, 괜히 참고서를 갖다 버려서……. 내가 왜 그랬지? 후회해 봤자 소용없었다. 일 분이 한 시간처럼 흘러갔다. 동틀 무렵이 되어서야 동생의 입원 절차가 끝났다. 아빠는 밤을 홀딱 새운 채 첫차를 타고 출근했고 엄마는 공장 사람에게 전화를 걸어 유급 휴가를 내 달라고 사정을 했다. 전화를 마치고 병실로 돌아온 엄마의 얼굴은 동생만큼 창백했다.

"승협이 너는 얼른 학교 가라."

"엄마…… 괜찮아?"

"엄마는 괜찮아."

엄마는 내가 아닌 엄마 자신에게 말하는 것 같았다. 조금만 더 앉아 있다가 학교에 가야겠다고 마음먹은 나는 마른침을 삼키며 누워 있는 동생을 내려다보았다. 동생은 다행히 죽지 않았다. 죽지는 않았지만, 죽을 날이 며칠 앞당겨졌을지도 모른다. 나 때문에. 내가 거짓말을 하고 참고서를 내다버려서.

"오빠."

약에 취해 잠든 줄로만 알았던 동생이 어느새 나를 빤히 쳐다보고 있었다. 귀신처럼 핏기 없는 얼굴에 커다랗게 푹 파인 두 눈만 산짐승처럼 반짝였다. 동생의 얼굴이 이렇게 해골 같았던가? 나는 간신히 입술에 침을 축이며 대답했다.

"응?"

"내 참고서."

"알았어. 찾아 줄게. 꼭 찾아 줄 테니까 걱정 마."

동생은 입을 다물었다. 힘없이 눈을 감은 동생의 얼굴이 엄마만큼 나이 들어 보였다. 더 이상 아무 말도 하지 마, 제발. 무서우니까. 네가 당장 죽을까 봐 무서운 게 아니라, 네가 나 때문에 죽을까 봐 무서우니까. 이런 생각을 하는 내가 비겁하다는 생각도

할 수 없을 만큼 무서우니까.

"오빠."

동생이 다시 입을 열었다. 나는 바늘방석에 올라앉은 심정으로 대꾸했다.

"어?"

동생은 눈을 감은 채 다 늙은 사람처럼 말했다.

"오빠 말이 맞아. 난 원더랜드 못 갈 거야. 오빠나 가서 실컷 놀다 와."

가슴 깊은 곳이 따끔하게 아팠다. 동생은 더 이상 아무 말도 하지 않았다. 내가 뭐라고 대답해야 하나. 너도 갈 수 있을 거야? 너도 원더랜드 보내 줄게? 뭐가 되었건 거짓말이다. 죽어도 원더랜드만은 양보할 수 없고, 무엇보다도 동생은 어차피 원더랜드에 갈 수 없는 몸이다. 그건 설령 동생 몫의 표가 있다고 해도 변하지 않는 사실이었다.

"어, 그래."

내가 할 수 있는 대답은 그뿐이었다. 나는 동생을 뒤로하고 병실에서 도망쳐 나왔다. 우리 집에 돈이 있다면 동생 몫의 표도 살 수 있을 테고 동생의 심장병도 고칠 수 있을 테지. 모든 게 다 돈 때문이다. 그러니까 내 잘못이 아니야. 끊임없이 스스로에게 되뇌었지만 가슴속을 따끔따끔 찌르는 죄책감은 사라지지 않았다.

다음 날 나는 《보물왕국》 편집부로 찾아가 내 이름이 적힌 원더랜드 초대권을 받아 왔다. 입장권을 손에 쥐고도 이게 꿈인지 현실인지 실감이 나지 않았다. 원더랜드에 가는 날까지 앞으로 사흘 남았다. 사흘 동안 북한군이 삼팔선을 넘어 쳐들어오지 않는 한 나는 무슨 일이 있어도 원더랜드에 가게 되어 있었다.

하루가 지나 동생이 퇴원했다. 분명 의사는 더 오래 있으라고 말했을 테지만 입원비 때문에 나온 것이 뻔했다. 집으로 돌아온 동생은 하루 종일 죽은 듯이 잠만 잤다. 나는 내다 버린 검정고시 참고서를 구할 방법을 궁리해 봤지만 돈 주고 새로 사는 것 외에는 방도가 없었다.

그리고 다시 이틀이 지났다. 일요일 아침 7시, 아무도 깨우지 않았는데 눈이 저절로 뜨였다. 엄마와 아빠는 모처럼 깊은 잠에 빠져 있었다. 바지를 주워 입는데 엎드려서 소리 없이 책을 읽는 동생을 보고 놀라서 숨이 멎을 뻔했다.

"뭐 그렇게 일찍 일어났어?"

어정쩡하게 말을 걸자 동생은 책장을 넘기며 새침하게 대답했다.

"그냥."

동생 얼굴을 마주 보기 껄끄러워 나는 서둘러 옷을 입고 양말을 신었다. 원더랜드에는 9시 반까지 가면 되지만 한시라도 빨리 집에서 나가고 싶었다. 운동화를 신는 나에게 동생이 물었다.

“아침밥 안 먹고 가?”

“됐어.”

“밥 먹고 가. 차려 줄게.”

동생은 일어나서 부엌으로 가더니 냄비에 물을 붓고 찬장 대신 쓰는 종이 박스에서 라면을 꺼냈다.

“야, 난 됐다니까……”

라면 스프 냄새가 솔솔 풍기자 그만 다리에 힘이 풀려 버렸다. 동생은 상을 펴서 라면 냄비를 올리고 젓가락까지 가져다주었다. 애 왜 이러냐, 찜찜하게. 나는 혹시라도 동생 입에서 검정고시 참고서 애기가 나올까 전전긍긍하며 빛의 속도로 라면 가락을 빨아들였다. 라면을 먹으면서 나는 계속 동생 눈치를 봤다. 분명 동생은 오늘 원더랜드 가는 날인 걸 알고 일찍 일어났을 거다. 나처럼 가슴이 터질 듯이 두근거려서 눈이 저절로 뜨였을 거다. 저는 어차피 가지도 못할 걸 뻔히 알면서도.

나는 눈 깜짝할 사이에 라면 국물까지 먹어 치우고 젓가락을 놓고 일어나 신발을 신었다. 동생은 집을 나서는 내게 말했다.

“거기서 파는 풍선 하나만 사다 줘.”

“풍선?”

“응. 너구리 그림 그려진 거.”

“알았어.”

돈이라고는 달랑 왕복 차비밖에 없었지만 고개를 끄덕이는 수

밖에 없었다. 나는 지하철 2호선을 타고 원더랜드가 있는 동네로
향했다. 우리 동네에서는 거의 텅 비어 있던 지하철이 원더랜드
가 있는 역에 가까워질수록 사람이 늘어났다. 주로 대학생으로
보이는 젊은 남녀들과 어린아이들의 손을 잡은 아줌마들이었다.
모두 원더랜드에 가는 모양이었다. 어린아이들은 두 볼을 발갛
게 물들인 채 끊임없이 떠들었고 아이 엄마들은 물통과 김밥이
든 가방을 무릎 위에 올려놓고 웃어 댔다. 나는 텔레비전 연속극
을 보는 기분으로 멍하니 사람들을 쳐다보았다.

"이번 역은 잠실, 잠실입니다."

안내 방송이 울리자 앉아 있던 사람들이 한꺼번에 일어났다.
나도 사람들을 따라 전철에서 내렸다. 난생처음 와 보는 동네의
전철역은 엄청나게 넓었다. 출퇴근 시간을 빼면 썰렁한 우리 동
네 전철역과는 천지 차이였다. 보자…… 원더랜드는 사 번 출구
방향으로 가면 나온댔지. 사 번 출구는 어디 붙어 있나. 나는 촌
뜨기처럼 개찰구 주변을 두리번거렸다. 무슨 놈의 전철역이 이
렇게 넓어?

역 천장에 '원더랜드 가는 길'이라고 외국말처럼 멋진 글씨체
로 쓰인 간판이 매달려 있었다. 나는 재빨리 간판이 가리키는 방
향으로 뛰었다. 몇 걸음 뗄 때마다 풍경이 바뀌며 어마어마하게
넓은 지하 세계가 펼쳐졌다. 만화영화처럼 화려한 색깔로 칠해
진 벽을 따라 달려 너구리 마스코트 인형과 솜사탕을 파는 기념

품 가게들을 지나쳐 마침내 원더랜드의 지하 입구에 다다랐다. 입구 앞에 도착한 나는 그만 비명을 질렀다.

"헉!"

흰개미 떼처럼 많은 사람들이 매표소와 입구 앞에 길게 줄을 서 있었다. 세상에 저걸 언제 기다리냐. 한 시간? 두 시간? 아무튼 난 지각이다. 지각했다고 들여보내 주지 않으면 어쩌지? 천장에 매달린 시계만 쳐다보며 초조해하고 있는데, 어디선가 구원의 목소리가 들려왔다.

"월간 《보물왕국》 특별 초대권 가진 분들은 이쪽으로 오세요!"

나는 재빨리 긴 줄에서 빠져나와 그쪽으로 달려갔다. '초대권 전용'이라는 팻말이 붙은 창구 앞에 아이들 한 무리가 몰려 있었고 검은 정장을 입은 직원 아줌마가 한 손에 커다란 무전기를 쥐고 아이들을 인솔하며 사방으로 초대권을 가진 사람을 부르고 있었다. 직원은 나에게 물었다.

"보물왕국 당첨자니?"

"네."

"이름이 뭐야?"

"최승협이요."

"최승협…… 여기 있네. 초대권은 갖고 왔어?"

나는 바지 주머니에서 초대권을 꺼내 직원 아줌마에게 보여 주었다. 내 초대권을 확인한 직원 아줌마는 가방에서 내 이름과 번호가 커다랗게 적힌 목걸이 명찰을 꺼내 주었다. 내 번호는 33번이었다. 이왕이면 더 앞 번호라면 좋을 테지만 그래도 내 반 등수보다는 높은 숫자라 그럭저럭 마음에 들었다. 다른 아이들도 전부 나처럼 번호가 적힌 명찰을 목에 걸고 있었다. 직원 아줌마는 아이들을 둘러보며 무전기에 대고 말했다.

"다 모였습니다. 이제 입장시킵니다."

심장이 쿵쿵 뛰었다. 드디어 원더랜드 입장이다. 직원 아줌마는 우리를 이끌고 입구로 향했다. 끝없이 긴 줄을 선 사람들이 눈을 깜박이며 쳐다보았다. 부럽지? 우리는 선택받은 사람들이라고. 어깨가 절로 으쓱해졌다. 전철 개찰구에 있는 것과 닮은 쇠봉을 밀고 원더랜드로 들어가자 공주 드레스를 입은 예쁜 누나들이 손을 흔들며 환영해 주었다. 저 높은 곳에서부터 신나는 음악과 함께 경쾌한 남자 목소리가 스피커를 통해 울려 퍼졌다.

"모험과 꿈의 나라, 원더랜드에 오신 여러분을 환영합니다!"

우리는 에스컬레이터에 실려 지하에서 지상으로 올라왔다. 지상에 와서 제일 처음 본 것은 하늘을 나는 풍선이었다. 그림으로 보았던 열기구와 똑같이 생긴 풍선들이 하늘을 가로질러 천천히 날고 있었다. 풍선에 매달린 바구니에는 진짜 사람들이 타고 있었다. 내 바로 앞에는 집채만 한 높이의 야자수가 서 있고, 나무 꼭대기에는 빨간 중절모를 쓴 원숭이가 매달려 있고, 야자수의 맞은편에는 허리에 쌍권총을 찬 카우보이가 두 발로 벌떡 일어선 말에 올라앉아 올가미 밧줄을 휙휙 돌리고 있었다.

그리고 그 모든 것들이 내려다보이는 저 꼭대기에는 거대한 유리로 만들어진 천장이 있었다. 투명한 유리 천장을 통해 쏟아지는 햇빛이 놀이 기구들을 밝게 비추었다. 두 눈으로 보면서도 도저히 믿기지 않았다. 바깥세상과 투명한 유리벽 하나로 가로막힌 곳에 별천지가 들어 있었다.

"죽인다!"

누군가가 흥분에 찬 목소리로 소리 질렀다. 직원 아줌마는 아이들을 양치기 개처럼 몰고 커다란 야외 극장으로 데려갔다. 높다란 무대 꼭대기에는 커다란 플래카드가 걸려 있었다. 플래카드에는 '원더랜드 개장 기념 (주)보물왕국 협찬 특별 행사'라고 큰 글씨로 적혀 있었다. 직원 아줌마는 우리를 관객석 맨 앞에 일렬로 앉혀 놓고 신신당부했다.

"여기 앉아서 기다리고 있어. 알았지? 다른 곳으로 이탈하지 말고!"

모두 넋이 나간 채 아무도 아줌마의 말에 귀를 기울이지 않았다. 갑자기 우렁찬 북소리가 들려왔다. 빨갛고 파란 조명이 어지럽게 무대를 수놓으며 수십 명의 악단이 등장했다. 요리사처럼 높다란 모자를 쓰고 무릎 위까지 오는 장화를 신은 고적대가 큰 북과 작은북을 두드리며 무대 위를 빙빙 돌았다. 부반장네에서 본 디즈니랜드 비디오에 나오는 악단과 꼭 같았다. 아니, 비디오로 보는 것과는 비교할 수 없을 만큼 멋있었다. 고적대의 연주가 끝나자 오색 조명이 눈이 아프게 밝은 스포트라이트로 변했다. 스포트라이트가 비추는 한가운데로 양복을 입은 어른들이 나타났다.

어른들의 맨 앞에는 유난히 눈에 띄는 차림새를 한 남자가 있었다. 모두 까마귀 같은 검은 양복을 입은 가운데 혼자 한낮의 태양처럼 샛노랗게 빛나는 양복을 아래위로 빼입고 있었다. 목에는 우스꽝스럽게 커다란 빨간색 나비넥타이를 매고서 마이크 앞에 서서 아, 아, 하고 마이크 테스트를 하더니 우렁차게 말했다.

"이 자리에 모인 여러분은 대한민국 최고의 행운아들입니다!"

커다란 목소리와 함께 마이크에서 찌이이익 하고 고막을 찢을 듯한 기계 소리가 터져 나왔다. 덕분에 여기저기 쳐다보며 딴짓을 하던 아이들이 오만상을 찡그리며 대번에 무대로 시선을 집중했다. 노란 양복의 남자는 만족스러운 표정으로 우리를 내려다보며 계속 말했다.

"최고의 행운아들인 여러분과 함께 하는 행사이니만큼 아주 특별하게 진행될 겁니다."

특별한 진행이라니? 그냥 놀이 기구를 타고 구경하고 집에 돌아가는 게 아니었어? 아이들이 술렁거렸다.

"진행에 들어가기 전에 우선 간단한 질문을 하지요. 첫 번째 질문! 우리 원더랜드에 얼마나 대단한 놀이 기구들이 있는지 아는 친구, 있습니까?"

"해적선이요!"

내 바로 앞에 선 작달막한 안경잡이 녀석이 손을 번쩍 들며 대답했다. 그 녀석은 13번 명찰을 걸고 있었다. 노란 양복은 고개를 끄덕였다.

"그래요. 해적선은 물론, 미국의 유명한 테마 파크에서도 볼 수 없는 초특급 환상의 놀이 기구 수십 개가 여러분을 기다리고 있습니다. 오늘 하루 종일 여러분은 이곳 원더랜드에 있는 놀이 기구라면 뭐든지, 단 하나도 빼놓지 않고 전부 다 탈 수 있다, 이거죠."

우와아아아, 아이들이 괴성을 질렀다. 노란 양복은 아이들이 실컷 소리 지르고 흥분하도록 잠깐 여유를 두었다가 말했다.

"여러분은 전국 각지에서 뽑혀서 온 행운아들이니까, 그냥 놀이 기구를 타고 내리기만 하면 좀 시시하겠죠?"

시시하다니? 장난해? 놀이 기구 타기 전에 눈으로 구경한 것만으로도 이렇게 머리가 핑핑 도는데? 이어지는 노란 양복의 말은 한층 더 충격적이었다.

"이번 특별 행사에서 여러분은 아주 특별한 경기에 참가하게 됩니다."

마구 떠들던 아이들이 일시에 입을 다물었다. 특별 경기라니?

그런 소리는 보물왕국 잡지의 어느 곳에도 적혀 있지 않았다. 노란 양복은 계속 말했다.

"경기는 우리 원더랜드가 자랑하는 '그레이트 파이브' 놀이 기구에서 진행됩니다. 에, '그레이트 파이브'가 뭐냐! 바로 우리 원더랜드를 대표하는 다섯 개의 초특급 놀이 기구로서, 원더랜드의 놀이 기구 중에서도 최고로 스릴 넘치는 대단한 시설들이라 할 수 있겠습니다. 여러분은 이 '그레이트 파이브' 위에서 경쟁을 펼치는 겁니다."

놀이 기구 위에서 경쟁? 웅성거리는 아이들에게 노란 양복이 선심 쓰듯 말했다.

"경기에서 우승을 못 하더라도 너무 아쉬워할 건 없어요. 일단 3등까지 상품을 주고, 다른 모든 사람들에게도 참가상으로 기념품을 줄 테니까."

"무슨 경기인데요? 어떤 경쟁을 하는데요?"

어떤 아이의 질문에 노란 양복은 씩 웃으며 대답했다.

"무슨 경기인지 미리 알려 주면 재미가 없지요. 어떤 시험을 보는지는 해당 놀이 기구 앞에서 알려 줄 겁니다."

또 다른 아이가 손을 들고 물었다. 맨 처음에 해적선이라고 냉큼 정답을 말했던 13번 녀석이었다.

"3등 안에 들면 무슨 상을 주는데요?"

"에에. 우리 원더랜드를 총괄하시는 김갑환 사장님께서 특별히 마련해 주신 아주 대단한 상품들이 준비되어 있습니다."

"그러니까, 그 대단한 상품들이라는 게 뭔데요?"

한순간 노란 양복은 짜증스러운 표정으로 13번을 쳐다보았다. 말대답하는 학생을 노려보는 선생 같은 표정이었다. 노란 양복은 뒤에 늘어선 검은 양복 아저씨들을 슬쩍 쳐다보더니 순식간에 가면 같은 웃음을 덮어쓰고 외쳤다.

"원더랜드에는 우리 친구들이 원하는 것, 꿈속에서도 갖고 싶어 하는 것들 전부가 준비되어 있답니다!"

"재믹스도 줘요?"

다른 아이가 물었다. 남자가 힘차게 고개를 끄덕였다. 진짜? 재믹스도? 퍼스널 컴퓨터도? 자전거도? 사방에서 아이들이 왁자지껄하게 떠들었다. 노란 양복은 양손을 들어 흥분한 아이들을 진정시키며 장담했다.

"그럼, 뭐든 다 있지. 꿈과 환상의 나라 원더랜드에는 없는 게 없으니까!"

"그 말 진짜죠?"

노란 양복은 다시 짜증스러운 표정을 드러내며 외쳤다.

"그럼, 우리 원더랜드 사장님께서 거짓말을 하실까!"

뒤에 서 있던 사장 아저씨가 부처님 같은 웃음을 띠고 고개를 끄덕였다. 정신이 하나도 없다. 느닷없이 대회라니, 상품이라니. 심장이 마구 벌떡거렸다. 보물왕국의 경품 소개 페이지에 실린 갖가지 상품 사진이 머릿속에서 영화 필름처럼 빠르게 돌아갔다. 재믹스, 30인치 텔레비전, 삼천리 자전거, 그리고 또 뭐가 있었더라? 상품이 뭐가 되었든 죄다 우리 집에 없는 것들이다. 대체 무슨 대회를 할까? 제발 장학퀴즈 같은 것만 아니었음 좋겠다.

"자, 지금부터 대회를 시작합니다. 따라오세요, 여러분!"

노란 양복이 선언했다. 그는 무대 아래로 훌쩍 뛰어 내려와 기운차게 관객석을 가로질러 걷기 시작했고 우리는 노란 양복의 뒤를 쫓아 걸었다.

"미국에도 없다고? 웃기지 말라고 해. 미국에 다 있어. 이런 데 있는 놀이 기구들은 비교도 안 되게 무섭고 재밌다고."

어디서 많이 들어 본 듯한 미국 타령에 나는 뒤를 돌아보았다. 뚱뚱하게 배가 튀어나온 녀석이 잘난 척 떠들고 있었다.

"유니버셜 스튜디오에 얼마나 무서운 게 많은데."

"넌 미국 가 봤어?"

"당연하지. 도쿄 디즈니랜드랑 L.A. 디즈니랜드랑 다 가 봤어. 별거 없어."

그 잘사는 부반장조차 가 보지 못한 디즈니랜드를, 그것도 두 군데나 가 봤다고? 이 자식 거짓말 치는 거 아냐? 게다가 유니버셜 스튜디오라는 건 또 뭐냐. 무슨 대통령 손지라도 되나? 나뿐만이 아니라 주변의 다른 아이들도 호기심에 찬 눈으로 그 녀석을 쳐다보고 있었다. 셔츠 못지않게 꽉 끼는 반바지에 하얗게 빛

나는 나이키 운동화, 목에 걸린 번호도 당당한 1번이었다. 호준이 녀석이 그냥 돼지라면 저 녀석은 백돼지다. 등급으로 따지면 1등급 백돼지. 나는 아니꼬움을 견디지 못하고 쏘아붙였다.

"그럼 넌 여기는 뭐 하러 왔냐? 미국에서 다 가 봤다면서?"

"그야 공짜로 당첨된 김에 한번 와 본 거지 뭐."

그 녀석은 두툼한 어깨를 으쓱하며 콧방귀를 뀌었다. 늘 주눅 들어 있는 부반장하고는 전혀 다른 당당한 태도였다. 잔뜩 상기된 아이들은 끊임없이 떠들며 노란 양복의 남자를 쫓아갔다.

"상품을 미리 알려 주지 않는 점이 수상한데."

"그래도 이왕 시합하는 거 1등 먹으면 좋겠다."

일반 입장권으로 들어온 사람들은 놀이 기구 위에서 신나게 환성을 질러 대고 있었다. 마치 꿈속을 걷는 것 같은 기분이었다. 분명 저 사람들과 같은 공간에 있는데도 불구하고, 나는 이제 알 수 없는 시합을 향해 가고 있다. 이미 꿈속에 있는데 또 다른 꿈속으로 들어가는 기분. 이게 꿈이냐 생시냐.

"너 괜찮아?"

"엉?"

내 바로 옆에서 불쑥 여자 목소리가 들려왔다. 놀란 나머지 딸꾹질이 튀어나올 뻔했다. 나는 나에게 말을 건 여자아이의 얼굴을 바라보았다.

…… 엄청 까맣네. 유난히 까무잡잡한 여자아이의 피부보다

더 눈에 띄는 건 뒤통수를 툭 건드리면 앞으로 쏟아져 나올 것처럼 커다란 두 눈과 수세미처럼 구불거리는 다갈색 머리카락이었다. 그 아이의 목에 걸린 번호는 서른다섯 명의 참가자 중에서 제일 마지막 번호인 35번이었다.

"휘청휘청 걷길래 이상해서. 어디 안 좋아?"

"아니, 그냥 좀 꿈꾸는 것 같아서."

내 멍청한 대답에 여자아이는 피식 웃었다.

"하긴, 나도 이게 꿈같아."

걸어가는 동안 아이스크림 차 앞에 줄을 선 어른들이 여자아이를 자꾸 힐끔거렸다. 저희들끼리 뭐라 수군거리는 사람도 있었다. 확실히 여자아이의 행색은 눈에 띄긴 했다. 얻어 입은 듯 헐렁한 원피스의 소맷부리에는 거무튀튀하게 땟국물이 흘렀다. 여자애들 사이에서 놀림깨나 받을 차림새였다. 만만찮게 낡아빠진 옷을 입은 내가 할 소리는 아니지만 그래도 우리 엄마는 빨래는 칼같이 해 주는데. 그러고 보니 원더랜드에 들어와 있는 사람들은 하나같이 깨끗하고 좋은 옷을 입고 있었다. 그래서 이 아이의 지저분한 옷이 유난히 눈에 띄는 거였다. 바깥세상에 있는 것보다 훨씬 더.

그리고 이 애가 시선을 끄는 건 옷 때문만은 아니다. 여자애의 남다르게 가무잡잡한 얼굴을 힐끔거리고 있자니 무심코 평소에 잘 안 쓰는 어떤 단어 하나가 머릿속에 희미하게 떠올랐다. 애처럼 희한하게 생긴 애들을 뭐라고 부르더라…….

"너 튀기야?"

한 녀석이 불쑥 튀어나와 여자아이에게 물었다. 노란 양복에게 질문을 퍼부었던 13번 안경잡이였다. 튀기라는 말에 여자아이는 얼굴을 확 일그러뜨렸다. 13번은 안경 너머로 간신배처럼 쭉 찢어진 눈을 깜박이며 계속 물었다.

"흑인 튀기 아냐? 맞지?"

"우아. 짬뽕이네."

내 옆에서 걷던 어떤 녀석이 맞장구치듯 중얼거렸다. 여자아이는 순식간에 울상이 되어 고개를 푹 수그렸다. 그 옆얼굴을 바라보고 있자니 왜인지 모르게 입맛이 썼다.

"자아, 줄 서요, 줄. 첫 번째 경기는 여기서 시작입니다!"

노란 양복이 소리쳤다. 아이들은 동시에 발을 멈추었다. 귀청을 찢는 고함 소리가 머리 위로 메아리쳤다. 나는 고개를 들고 눈앞의 하늘을 올려다보았다.

그것은 배였다. 거대한 배가 하늘을 가르며 날고 있었다.

4

하늘을 나는 해적선

셀 수 없이 많은 사람들이 하늘을 나는 배 위에 있었다. 배가 사람들을 앞으로 쏟아내 버릴 듯 높이 솟구쳐 오를 때마다 사람들은 목이 터져라 고함을 내질렀다. 나는 넋을 놓고 하늘을 향해 솟구치는 배를 바라보았다. 놀이 기구의 이름을 알리는 표지판에는 해골 그림과 함께 '지중해 해적선'이라고 적혀 있었다. 노란 양복이 어디선가 빨간 확성기를 들고 와서 소리쳤다.

"주목, 주모옥! 지금부터 경기 방식을 설명하겠습니다! 딴짓하지 말고 잘 들어요!"

이어서 직원 아줌마가 커다란 전지가 매달린 걸개를 밀고 와서 노란 양복 옆에 섰다. 종이에는 경기 방식을 설명하는 도표가 그려져 있었다.

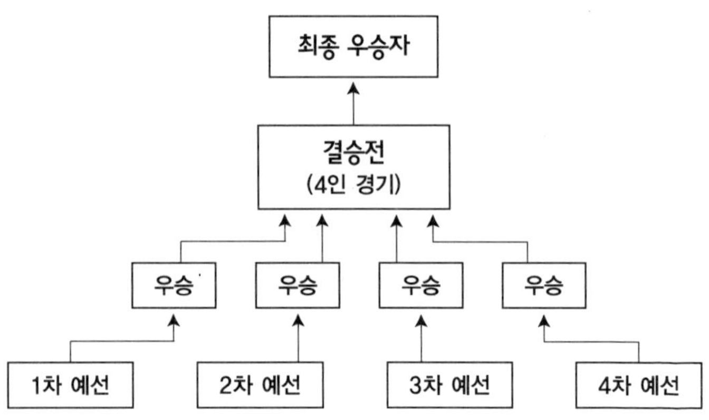

“이 그림과 같이 경기는 다섯 개의 ‘그레이트 파이브’ 놀이 기구에서 다섯 번에 걸쳐 진행됩니다. 총 다섯 번 중 네 번의 경기는 예선, 마지막 다섯 번째 경기가 본선 겸 최종 결선이 되는 겁니다. 네 번의 예선전에서 한 번이라도 1등을 한 사람만이 다섯 번째 결승전에 나갈 수 있는 자격을 얻습니다. 그리고 마지막 결승전에서 마침내 단 한 명의 최종 우승자가 탄생합니다. 여기까지 설명이 이해 안 가는 사람 있습니까?”

설명이 끝나기 무섭게 1번 녀석이 번쩍 손을 들고 물었다.

“만에 하나 한 사람이 남은 예선전에서도 계속 1등을 하면 어떻게 하나요?”

노란 양복은 그 아이를 향해 비웃음을 흘렸다.

“그럴 일은 없을걸?”

1번은 하마처럼 콧바람을 내뿜으며 되물었다.

"그래도 혹시 모르는 일이잖아요?"

"한 번 예선전에서 1등을 한 사람은 다음 예선전에서는 다시 1등을 할 수 없습니다. 한마디로 두 번째 경기부터 네 번째 경기까지는 전부 '패자부활전'인 셈이죠. 우리 원더랜드는 공평 공정하니까!"

시합의 규칙을 듣자 가슴이 한층 뛰었다. 네 번의 시합에서 한 번이라도 1등을 하면 마지막 우승에 도전할 수 있다 이거지. 참가자는 나를 포함해서 모두 서른다섯 명. 쉽지는 않지만 그렇다고 지레 겁먹고 포기할 정도는 아니다.

다만 여전히 내 맘에 걸리는 건 경기의 방식이었다. 도대체 무슨 경기를 시키려는지 짐작도 가지 않았다. 공부랑 관련 있는 거면 절대 안 되는데 말이지.

"자, 첫 번째 경기 규칙을 설명하겠습니다!"

공주 드레스를 입은 누나들이 어깨에 커다란 밀짚 바구니를 끼고 나타났다. 바구니에는 색종이가 가득 들어 있었다. 누나들은 바구니에서 색종이를 한 뭉치씩 꺼내 아이들에게 나누어 주었다. 학교 앞 문구점에서 파는 백 원짜리 색종이였나. 이걸로 뭘 하라는 걸까? 노란 양복은 설명을 이어 나갔다.

"최대 200도까지 급상승하는 공포의 해직신 팁승 시간은 총 이 분 삼십 초! 그동안 여러분은 주어진 색종이로 종이접기를 해야 합니다."

종이접기라니? 저 해적선 위에서 종이를 접으라고? 억지도 이런 억지가 없다. 기가 막혔지만 한편으로 이렇게 황당한 시합이라면 외려 붙어 볼 만하다는 생각이 들었다. 적어도 공부 실력하고는 상관없으니까.

"비행기나 종이배처럼 다들 잘 아는 종이접기를 하는 건 시시하겠죠? 지금부터 색종이 맨 앞에 들어 있는 설명서를 꺼내 보세요. 풍뎅이 접는 방법이 그려져 있죠? 자, 늑장 부리지 말고 어서 설명서를 자세히 읽어 보세요!"

"뭐야, 너무 어렵잖아!"

"놀이 기구 위에서 어떻게 종이를 접어?"

아이들이 분통을 터트렸다. 나는 재빨리 색종이를 감싼 비닐 포장을 뜯고 설명서를 꺼내 보았다. 다행히 풍뎅이 접기는 별로 어렵지 않았다.

"설명서에 그려진 대로 정확하고 깔끔하게 풍뎅이를 완성한 사람이 1등입니다. 대충 아무렇게나 접으면 탈락이니 연습을 충분히 하세요. 연습 시간은 지금부터 십 분 드리겠습니다!"

몇몇 아이들은 벌써 땅바닥에 주저앉아 풍뎅이 접기 연습을 시작하고 있었다. 노란 양복은 양복 못지않게 번쩍이는 황금 손목시계를 가리키며 선언했다.

"연습 시작!"

나는 황급히 바닥에 앉아 색종이를 꺼냈다. 방금까지만 해도 정신없이 시끄러웠던 아이들은 전부 입을 다물고 설명서를 노려보며 부지런히 양손을 움직였다. 나는 눈에 불을 켜고 설명서를 들여다보며 접기 연습을 시작했다. 공부를 이런 식으로 했으면 진작 전교 1등을 했겠다. 약 오 분 만에 풍뎅이 접는 방법을 그럭저럭 외울 수 있었다. 다만 과연 저 높은 하늘 위 해적선에 탄 채로 풍뎅이를 접을 수 있을지가 문제였다.

시간이 순식간에 흘러갔다. 풍뎅이 접는 법이 손에 익자 슬슬 다른 아이들은 어떻게 하고 있는지 궁금해졌다. 슬쩍 눈치를 보자 벌써 열 마리쯤 되는 풍뎅이를 쌓아 놓은 아이도 있었고, 단 한 마리도 완성 못 한 아이들도 있었다. 35번 여자아이가 바로 그런 축에 끼었다. 35번은 풍뎅이인지 물방개인지 정체불명이 된 색종이를 붙들고 씨름하고 있었다.

"잘 안 되냐?"

내가 말을 걸자 35번은 곱슬머리를 벅벅 긁으며 한숨을 쉬었다.

"난 돌대가리인가 봐. 아무리 설명서를 봐도 잘 모르겠어."

나도 금방 배운 것을 붙잡고 끙끙대는 걸 보니 정말 머리가 나쁘긴 나쁜가 보다. 35번 맞은편에는 1번 녀석이 앉아 있었다. 1번은 다 접은 풍뎅이를 보란 듯이 반시작내며 씨부렁거렸다.

"튀기는 원래 머리가 나빠. 유전자가 열성으로 태어난대."

35번의 얼굴이 시뻘겋게 달아오르며 숨결이 순식간에 거칠어졌다.

"야, 야, 됐어. 내가 가르쳐 줄게!"

왜 갑자기 내 입에서 그런 소리가 튀어나왔는지 나도 모를 노릇이었다. 내 코가 석잔데. 내 도움을 받은 35번이 간신히 풍뎅이 한 마리를 완성해 갈 무렵, 노란 양복이 소리쳤다.

"십 분, 끝! 이제 접기 연습은 그만하고 탑승 준비하세요. 1차 대회 시작합니다!"

아이들이 엉덩이를 털며 자리에서 일어났다. 드디어 해적선에 오를 시간이었다.

— 안경, 액세서리 등 날아가기 쉬운 소지품 주의!

나는 해적선 탑승구에 붙어 있는 안내 글귀를 보고 마른침을 삼켰다. 노란 양복과 직원들은 입구에 일렬로 서서 우리를 배웅했다. 그 어른들의 표정, 특히 노란 양복의 표정이 묘하게 즐거워 보였다. 마치 도살장에서 죽을 순서 기다리는 소 떼를 모는 백정 같았다.

우리는 색종이를 쥐고서 차례로 해적선에 앉았다. 해적선은 밑에서 구경하던 것보다 훨씬 컸다. 게다가 내가 앉은 자리는 하필이면 왼쪽의 제일 끝자리였다. 해적선은 배를 좌우로 움직이는 중심축 기둥에서 멀어질수록 뱃머리가 들려 올라가는 각도가 커지는 구조였다. 고로 중심축에서 먼 끄트머리에 앉을수록 공포의 200도 기울기를 고스란히 맛보게 될 것이었다. 하지만 이제 와서 자리를 옮길 수도 없다. 아이들이 모두 자리에 앉자 안전요원이 마이크에 대고 말했다.

"두 손을 위로 번쩍 들어 주세요. 안전 바 내려갑니다."

엉겁결에 두 손을 들어 올리자 커다란 안전 바가 자동으로 가슴께까지 내려왔다. 내 옆에 앉은 35번은 벌써 사색이 되어 안전 바를 두 손으로 꽉 움켜쥔 채 고개를 수그리고 바닥만 쳐다보고 있었다. 다른 아이들도 비슷한 상태였다. 아직 시작도 하지 않았는데 벌써부터 고래고래 비명을 질러 대는 녀석들도 있었다. 밑에서는 등신들이라고 비웃었지만 막상 올라와 앉아 보니 이건 밑에서 보는 것하고는 차원이 달라도 한참 달랐다. 손 안의 색종이가 땀에 젖어 쭈글쭈글해지고 있었다. 젠장, 색종이고 대회고 뭐고 살아서 내려갈 수나 있으려나.

"빨리 시작해, 빨리!"

긴장과 공포 속에서 1번 녀석 혼자 의기양양하게 외쳤다. 저 망할 자식의 주둥이를 그냥 확……. 해적선 옆의 기계실 꼭대기에 매달린 스피커에서 우렁찬 뱃고동 소리가 흘러나왔다. 안전요원이 마이크를 붙잡고 열정적으로 소리쳤다.

"지중해의 해적선, 머나먼 신비의 바다로 출항합니다!"

배가 천천히 움직이기 시작했다. 동시에 아이들은 너 나 할 것

없이 꼴사나운 비명을 질러 대기 시작했다. 나는 죽어도 비명은 지르지 않으리라 굳게 다짐하며 어금니를 앙다물었다. 처음에는 아기 요람처럼 천천히 움직이던 해적선은 조금씩 앞뒤로 빠르게 치솟기 시작했다. 나는 아직 정신이 있을 때 어떻게든 풍뎅이를 접어 보려고 애썼지만 종이를 그냥 반으로 접는 것조차 힘에 부쳤다.

색종이를 붙들고 부질없는 노력을 하는 몇 초 동안 배는 엄청나게 높이 떠올랐다. 국민학생 때 학교에서 그네를 일어선 채로 힘차게 타다가 그네 줄이 아예 그네 대를 한 바퀴 감고 돌아가 버린 적이 있었다. 그렇게 몸이 붕 떠 버릴 때와 비슷한, 아니 그때의 삼백 배 정도 되는 압력이 온몸을 짓눌렀다.

"으아, 으아악! 으아아악!"

입에서 돼지 멱따는 소리가 절로 터져 나왔다. 옆에 여자애가 앉아 있건 말건 창피할 겨를도 없었다.

"어이구, 어머니, 어이구야!"

남녀노소 다양한 비명 소리 사이에서 나이 지긋한 아저씨가 어머니를 목놓아 외쳐 불렀다. 저 아저씨도 방금까지는 나처럼 죽어도 비명 안 지를 거라고 생각했겠지? 아비규환이 따로 없었다. 해적선은 성난 파도 위에서 선원들을 전부 바닷속에 수장시킬 기세로 치솟았다가 하강하기를 반복했다. 이 분 삼십 초라며? 한 삼십 분은 지난 것 같은데 왜 안 끝나!

"끝내, 빨리 끝내라고오오!"

한순간 엉덩이가 의자에서 붕 떠올랐다. 땅바닥이 완전한 수직으로 일어섰고 마이크 앞에서 오징어처럼 춤을 추는 안전 요원과 길게 줄을 선 사람들과 노란 양복이 일어선 땅 위에 거꾸로 매달려 마구 웃어 대고 있었다. 지구 중력의 법칙을 완전히 무시한 나와, 웃어 대는 어른들의 눈이 일순 마주쳤다. 지옥에서 나를 기다리는 악마들의 눈빛 같았다. 나는 그대로 두 눈을 감아 버렸다. 이제 진짜로 죽는다. 잘 있어라, 세상아.

얼마 후에 나는 눈을 게슴츠레하게 떴다. 공포의 200도 기울기는 어느새 지나가고 해적선은 오르내리는 각도와 속도를 서서히 떨어트리고 있었다. 겨우 정신이 돌아오자 배에 탄 사람들의 머리 위로 무언가 알록달록한 것들이 바람을 타고 나는 것이 보였다. 그것들은 색종이였다. 운동회의 만국기처럼 빨갛고 노랗고 파란 색종이들이 나비처럼 팔랑팔랑 흩날리고 있었다.

맞다, 색종이, 풍뎅이! 뒤늦게 깨달았지만 이미 내 몫의 색종이는 손을 떠난 지 오래였다. 언제 색종이를 놓쳤는지 기억도 나지 않았다. 나는 혼비백산해서 옆과 뒤에 앉은 아이들의 눈치를 살폈다. 거의 모든 아이들이 나처럼 빈손으로 넋을 놓고 있었지만 몇몇 아이들은 끝까지 이를 악물고 풍뎅이 접기를 하고 있었다. 젠장, 나도 놓치지 말고 꽉 쥐고 있을걸. 그러면 속도가 떨어질 때 어떻게든 접을 수 있었을 텐데. 후회해 봤자 이미 늦었다.

몇 초 지나지 않아 해적선은 완전히 멈추었고 우리는 안전 요원의 구령에 맞추어 배에서 내렸다. 배에서 내리자마자 무릎에서 힘이 확 빠지며 다리가 후들거렸다. 이 분 삼십 초 동안 수명이 십 년은 줄어든 기분이었다. 나를 쫓아 내린 35번이 환자처럼 해쓱해진 얼굴로 중얼거렸다.

"뭐 이딴 걸 비싼 돈 내고 탄대?"

내 말이 그 말이다. 안전한 땅을 디디고 서자 조금 전까지 해적선 위에서 죽음의 공포에 시달렸던 내가 한없이 바보 같았다. 그리고 내 앞에 선 1번 녀석의 여유만만한 말은 나를 한층 더 바보스럽게 만들었다.

"생각보다 시시하네, 뭐."

"시시했다고?"

"미국 해적선은 저거 세 배는 더 높이 올라간다고. 이런 시시한 해적선은 열 번을 타도 안 무서워."

1번은 깔끔하게 완성한 종이 풍뎅이를 흔들며 뿌듯한 표정을 지었다. 나도 저 백돼지처럼 집에 돈이 썩을 만큼 많아서 해적선을 신물나게 타 보았다면 이렇게 무섭지 않았을 텐데.

"자, 여러분. 지금부터 우승자를 심사하겠습니다."

노란 양복이 말했다. 곧이어 직원 다섯 명이 아이들 사이를 걸어 다니며 색종이 풍뎅이를 걷어 갔다. 회수한 풍뎅이에는 사인펜으로 아이들의 번호를 적었다. 노란 양복과 직원들은 풍뎅이들을 꼼꼼히 검사해서 우승자를 판별해 냈다. 서른다섯 명 중에서 색종이를 놓치지 않은 아이는 절반도 안 되는 열두 명에 불과했다. 그중에서 색종이를 어떻게든 접은 아이는 또 절반이 안 되는 다섯 명뿐이었다. 첫 판부터 힘든 승부였다. 마지막 다섯 명 중에는 백돼지 1번과 말 많은 13번이 끼어 있었다. 둘은 각각 풍뎅이를 설명서대로 완벽하게 접어 낸 우승 후보들이었다.

약 십 분이 넘는 시간 동안 열심히 우승자를 가려낸 끝에 노란 양복이 종이 풍뎅이를 높이 치켜 들고 발표했다. 종이 풍뎅이에는 사인펜으로 13번이라고 적혀 있었다.

"우승자는 풍뎅이를 제일 예쁘게 완성한 13번이 되겠습니다. 13번 참가자는 어서 앞으로 나오세요!"

"아싸!"

13번이 펄쩍 뛰어오르며 환호했다. 1번은 분노에 찬 목소리로 부르짖었다.

"뭐라고? 그런 법이 어디 있어?"

1번은 뚱뚱한 배를 아래위로 출렁대며 단상으로 뛰어 올라가더니 노란 양복의 손에서 13번이 접은 풍뎅이를 확 낚아챘다.

"뭐야? 이게 내가 만든 것보다 더 잘 만들었다고?"

"이 녀석이 갑자기 무슨 짓이야?"

당황한 노란 양복이 1번을 붙들었지만 1번은 씩씩거리며 뿌리치고 13번이 접은 풍뎅이를 이리저리 뒤집으며 자세히 뜯어보았다. 보다 못한 노란 양복은 1번의 손에서 풍뎅이를 다시 빼앗아 1번이 접은 풍뎅이와 직접 비교해서 보여 주었다.

"이거 봐. 네가 접은 것보다 훨씬 깔끔하고 예쁘잖아? 네 눈으로 봐도 그렇지 않아?"

나는 어차피 색종이를 손에 쥐고 있지도 못 했던지라 가타부타할 자격은 없었지만, 내가 1번 입장이라면 억울할 것 같긴 했다. 1번은 분을 못 이기고 발로 단상을 냅다 걷어찼다. 백돼지 성깔 한번 더럽네. 우리 집 어떤 계집애 생각난다.

갑자기 아이들 틈에서 날카로운 목소리가 터져 나왔다.

"13번은 반칙이에요!"

반칙이라니? 아이들과 직원들이 동시에 술렁거렸다. 그 아이는 13번을 손가락질하며 소리쳤다.

"제가 봤어요. 13번은 배에서 내린 다음에 땅바닥에 떨어진 색종이를 주워서 접었어요."

"뭐?"

노란 양복이 이마를 찌푸리며 되물었다. 고발한 아이의 바로 옆에 서 있던 여자아이도 냉큼 한마디 보탰다.

"저도 봤어요. 13번은 배에서 내린 다음에도 계속 종이를 접고 있었어요."

"뭐야, 저 자식! 사기 쳤잖아?"

아이들은 입을 모아 13번을 비난하기 시작했다. 노란 양복과 직원들은 골치 아프다는 표정으로 긴급 회의를 열었다. 잠시 후 노란 양복이 다시 발표했다.

"긴급 회의에 따라 13번은 반칙패, 1번 참가자가 첫 번째 우승자입니다!"

"아싸!"

이번에는 1번이 펄쩍 뛰며 만세를 불렀다. 양복 입은 직원이 1번의 명찰에 1회 우승자를 표시하는 별 모양 스티커를 붙여 주었다. 반칙패 판정을 받은 13번은 별로 풀이 죽지도 않은 얼굴로 어깨를 으쓱하더니 아이들 무리로 돌아왔다. 35번이 심난한 표정으로 중얼거렸다.

"13번 쟤 진짜 뻔뻔하네."

"어. 정말 더럽게 뻔뻔하다."

"꼭 국회의원 같네."

35번의 말에 나도 모르게 피식 웃음이 새어나왔다.

"너도 그런 말 하냐?"

"무슨 소리야?"

"울 엄마 아빠가 허구한 날 하는 소리가 그거거든. 국회의원 욕, 대통령 욕."

"우리 엄마도 그래."

35번이 나를 마주 보며 살짝 웃었다. 문득 나보다 키가 반 뼘 정도 작은 35번의 헐렁한 원피스 위로 솟아오른 가슴이 눈을 파고 들어왔다. 우아…… 나도 모르게 시선이 못 박혔다. 얼마나 오랫동안 쳐다봤는지 내 시선을 눈치챈 35번이 얼굴을 찌푸리며 외쳤다.

"뭘 봐?"

헉, 들켰다. 나는 창피함을 감추려고 되레 성을 내며 맞고함을 쳤다.

"보긴 뭘 봤다고 그래?"

"흑인 혼혈 첨 봐? 너도 그렇게 신기해?"

35번은 내가 가슴을 훔쳐봐서 화를 내는 게 아니라 다른 이유 때문에 그런 거였다. 그렇다고 네 가슴 쳐다본 거라고 그대로 말할 수도 없는 노릇이고. 내가 어쩔 수 없이 입을 다물자 35번은 삐친 얼굴로 나를 지나쳐서 먼저 걸어가 버렸다.

우리는 두 번째 경기가 벌어질 놀이 기구를 향해 줄지어 걸어 갔다. 내 바로 뒤에서 여자아이들이 수다를 떨었다.

"괜히 상품 내용 숨기는 것 보면 시시해 빠진 걸 상품이랍시고 주는 거 아냐?"

"그건 아닐걸. 재작년인가 대공원에서 이런 행사랑 비슷한 걸 했는데, 우리 사촌 오빠가 거기서 1등해 갖고 장학금 이백만 원 타 왔어."

……뭐라고? 이백만 원? 나는 귀를 의심하며 뒤돌아보며 물 었다.

"이백만 원이라고?"

"어머 깜짝이야. 뭐니?"

"진짜로 이백만 원 준대?"

"응. 그런데 여기 말고……."

이백만 원, 이백만 원이라. 우리 아빠 한 달 월급이 십팔만 원, 엄마 월급이 십오만 원이니까, 이백만 원이면 엄마 아빠가 거의 일 년 동안 공장 안 나가고 집에서 놀아도 된다. 이백만 원이면 30인치 컬러텔레비전도 살 수 있다. 물론 재믹스도 살 수 있다. 비디오데크도 살 수 있고, 만화책은 수백 권도 넘게 살 수 있다. 그 모든 것들을 한 번에 사들여도 될 만큼 엄청난 큰돈이다.

"얘, 여기 말고 대공원에서 줬다니까 그러네?"

반쯤 정신이 나가 버린 나에게 여자애들이 어처구니없다는 듯 말했지만 하나도 들리지 않았다. 나는 너무 흥분한 나머지 35번을 붙들고 마구 떠들었다.

"야, 우승 상금이 이백만 원이래, 이백만 원!"

잔뜩 삐쳐 있던 35번은 큰 눈을 더 크게 홉뜨며 소리 질렀다.

"뭐라고? 이백만 원? 진짜로?"

"그래! 이백만 원!"

뭐? 이백만 원? 내 주위에 있던 아이들이 하나둘씩 웅성거리기 시작했다. 우승 상금이 이백만 원이라는 소문은 나를 중심으로 순식간에 일파만파 퍼져 나갔다.

35번이 불쑥 나에게 물었다.

"만일 우승해서 이백만 원 타면 넌 제일 먼저 뭘 하고 싶어?"

"나? 글쎄. 하고 싶은 게 너무 많아서 잘 모르겠다. 넌?"

35번은 하늘 위에서 빙빙 돌아가는 전투기 놀이 기구를 바라보며 말했다.

"난 대한항공 왕복 비행기 표를 사서 미국에 갈 거야."

"대한항공? 미국?"

"친아빠 찾으러."

"친아빠?"

"응. 친아빠를 찾아가서 귀싸대기를 날려 주고 올 거야."

갑자기 미국이라니, 게다가 친아빠한테 귀싸대기라니. 이건 또 무슨 야밤에 봉창 때려 부수는 소리냐. 하지만 35번의 표정은 진지하기 짝이 없었다.

우승 상금이 이백만 원이라는 이야기가 퍼져 나가자 아이들 사이에 감도는 흥분은 한층 뜨겁게 달아올랐다. 이백만 원이라는 숫자는 내 가슴속에서 「고스트 버스터즈」 영화에 나오는 마시멜로 귀신처럼 뭉게뭉게 불어나고 있었다.

이기고 싶다. 1등을 하고 싶다. 이백만 원을 손에 넣고 싶다. 그 돈이면 뭐든 할 수 있다. 내가 그토록 하고 싶었지만 오로지 돈이 없어서 할 수 없었던 모든 일들을 전부 다. 태어나서 한 번도 느껴 본 적 없는 1등에 대한 강한 열망이 내 가슴속에서 솟아

올라왔다. 이백만 원이라는 황홀한 숫자는 어느새 내 머릿속을
완전히 점령해 버렸다.

5

안드로메다 회전 원반

노란 양복은 두 번째 경기가 펼쳐질 놀이 기구 앞에 멈추어 섰다. 두 번째 놀이 기구의 이름은 '안드로메다 회전 원반'이었다. 처음 탔던 해적선하고는 전혀 다른 모양새였다.

안드로메다 회전 원반은 여러 개의 원반에 사람들을 태우고 제자리에서 빙빙 돌리는 형식의 놀이 기구였다. 하나에 두세 명씩 올라타도록 만들어진 작은 원반들이 회전의 중심축이 되는 막대기 위에 얹혀 있고, 각각의 막대기가 제자리에서 회전하며 원반을 빙글빙글 돌렸다. 꼭 서커스단에서 하는 접시 돌리기 묘기 같은 모양새였다. 게다가 막대기들이 꽂혀 있는 땅바닥도 제자리에서 빙빙 돌았다. 원반도 돌고, 바닥도 돌아가며 두 번을 겹쳐 도는 셈이었다.

좀 어지러워 보이지만 그래도 해적선에 비하면 훨씬 나아 보였다. 일단 원반이 높은 하늘이 아닌 땅바닥에 붙어 있어서 다행이었다. 두 번 연속으로 해적선처럼 혼을 빼놓는 놀이 기구를 탄다면 아침에 먹은 라면을 죄다 게워 낼지도 모르니까. 다른 아이들도 나처럼 생각하는지 처음에 비하면 한결 여유로운 태도로 잡담을 했다.

노란 양복이 두 번째 경기의 규칙을 설명했다.

"첫 번째 경기가 많이 어려웠지요? 그래서 두 번째 경기는 좀 쉽게 준비했습니다. 저기 오른쪽 끝을 보세요. 출구가 있죠? 그 출구에서 좀 더 오른쪽 구석을 보면 우리 직원들이 종을 설치해 놓았습니다."

아이들은 아저씨의 손짓을 따라 목을 빼고 오른쪽 출구 쪽을 쳐다보았다. 출구에서 좀 떨어진 길목에 2미터 정도의 나무 받침대가 서 있었고 받침대 꼭대기에는 작은 종이 매달려 있었다. 종에는 기다란 끈이 묶여 아래로 늘어트려져 있었다.

"출구에서 종이 있는 곳까지는 정확히 이십 미터입니다. 회전 원반을 다 타고 내려와서 제일 먼저, 제일 빨리 저 종을 치는 사람이 이번 경기의 우승자입니다. 아주 간단하죠? 그럼 지금부터 세 명씩 줄을 맞춰 서겠습니다. 한 번에 세 명씩 탑승하세요."

정말 엄청 간단하네. 그냥 타고 내린 다음에 죽어라 뛰어서 가장 빨리 종을 치면 된다 이거지? 나는 재빨리 바닥에 앉아 운동화 끈을 고쳐 묶었다. 이래 뵈도 삼 년 연속 체력장 1급이다. 머리는 나쁘지만 몸으로 때우는 건 자신 있다. 나는 운동화 끈을 묶으면서 무심코 옆에 선 35번의 신발을 보았다. 내 운동화도 낡아빠졌지만 35번 신발은 좀 심했다. 언제 빨았는지도 알 수 없을 정도로 더러운 실내화였는데, 왼쪽 신발의 밑창이 너덜너덜해져 벌어진 틈 사이로 때가 새카맣게 낀 발톱이 보였다. 저래서야 어디 제대로 뛸 수나 있겠냐.

1번은 아예 벤치에 주저앉아 여유를 부리고 있었다. 별로 덥지도 않은데 살찐 허연 이마에 땀방울이 송송 맺혀 있었다. 1번은 1등 스티커가 붙은 명찰로 얼굴을 부채질하며 연신 중얼거렸다.

"아, 코카콜라 마시고 싶다. 코카콜라."

코카콜라 같은 소리 하고 자빠졌네. 팔자 좋은 백돼지는 첫 경기에서 우승했기 때문에 남은 경기에서는 꼴찌를 해도 상관없었다. 신발끈을 다 묶고 일어나자 첫 번째 경기에서 당당하게 속임수를 썼던 13번이 슬슬 다가오더니 나에게 말을 걸었다.

"너 혹시 달리기 잘해?"

이건 또 뭐야? 대답 대신 험악한 표정을 지어 보였지만 13번은 조금도 기 죽지 않고 다시 물었다.

"너 달리기 잘하냐고."

"그야 너보다는 잘하겠지. 그래서 뭐?"

"그럼 너랑은 같이 타면 안 되겠다."

13번은 나 말고도 다른 아이들에게도 같은 질문을 하고 돌아다녔다. 한 바퀴 돌고 되돌아온 13번은 35번 여자아이 옆에 붙어 섰다.

"뭐야?"

35번이 기분 나쁜 표정으로 어깨를 움츠렸다. 13번은 천연덕스럽게 말했다.

"난 네가 마음에 들어."

저 자식 왜 저래? 옆에 선 내가 황당해하며 쳐다보자 13번은 나를 향해 이를 드러내며 씨익 웃었다. 13번이 웃자 엄청나게 튀어나온 뻐드렁니 네 개가 각각 흉악하게 빛났다. 뭐 저런 쥐새끼 같이 생긴 놈이 다 있어?

"내가 맘에 든다니 무슨 소리야?"

"왠지 넌 달리기 잘 못할 것 같아서."

35번은 13번을 싸늘하게 노려보더니 시선을 돌렸다. 말 상대를 해 주기도 싫은 모양이었다. 나 같으면 말 섞을 것도 없이 면상에 주먹이나 한 방 날려 줬을 텐데. 우리 뒷줄에 선 키 큰 녀석 셋이 13번의 뒤통수에 대고 이죽거렸다.

"너 쟤 좋아하냐?"

"깜둥이 취향이야?"

세 명 다 주먹질깨나 하게 생긴 놈들이었다. 13번은 그 녀석들을 향해 휙 뒤돌아서더니 그 쥐새끼 같은 뻐드렁니를 드러내며 씩 웃었다. 순식간에 표정이 변하는 것이 꼭 가면을 쓴 것 같았다.

"미군 부대 가면 쟤같이 생긴 애들 많아. 특별할 것도 대단할 것도 없는걸."

"뭐야. 미군 부대 가 보기나 하고 지껄이는 거야?"

"응. 난 미군 부대 많이 가 봤어. 울 아버지가 군인이거든. 육군 소령이야."

"잘났네. 그래 육군 소령 아들씩이나 되어 갖고는 사기를 치고 그러냐?"

세 녀석은 바닥에 침을 뱉으며 13번에게 이죽거렸다. 어이쿠, 내가 하고 싶은 말을 저 자식들이 알아서 다 해 주네. 13번은 좀 주눅이 드는가 싶더니 금세 다시 뻔뻔해졌다.

"아무튼! 난 쟤 안 좋아해. 그냥 나보다 달리기 못할 것 같아서 맘에 드는 것뿐이야."

"뭐라 씨부리는 거야?"

돌아서는 13번의 등 뒤에서 욕설과 비웃음이 쏟아졌다. 13번은 아이들 무리에서 혼자 떨어져 있는 35번에게 돌아가서 불쑥 말을 걸었다.

"너, 미군 부대에서 파는 피자랑 햄버거 진짜 큰 거 알지?"

35번은 그야말로 엉망진창이 된 얼굴로 13번을 노려보았다.

"왜 나한테 그런 걸 물어봐?"

"그야 네가 튀기니까 그렇지."

35번은 도톰한 아랫입술을 이빨로 잘근잘근 씹으며 13번을 노려보았지만 13번은 신경도 쓰지 않고 입맛을 다시며 회전 원반만 쳐다보았다. 아까부터 듣자 듣자 하니까 배알이 꿈틀거리며 주먹이 근질거린다. 저 녀석 한 대 패 줘? 내가 35번에게 다가가 말을 걸려는 참에 35번이 혼잣말로 중얼거렸다.

"진짜로 귀싸대기를 갈겨 줄 거야……."

35번의 커다란 두 눈에서 우뢰매처럼 레이저빔이 뿜어져 나와 13번의 뒤통수를 축구공처럼 뻥 날려 버릴 것만 같았다. 35번에게서 뿜어져 나오는 기세에 나는 내심 놀랐다. 가만히 당하고만 있어서 몰랐는데, 제법 성질 있는 계집애였네.

어느덧 줄이 짧아지고 아이들은 세 명씩 조를 짜서 차례로 회전 원반에 오르기 시작했다. 나와 35번, 사기꾼 13번 셋이 한 원반에 나란히 앉았다. 이번에도 안전 요원이 마이크 앞에 서서 주의 사항을 알려 주었다.

"안드로메다 회전 원반은 최대 시속 15킬로미터의 속력으로 회전합니다. 우주 여행이 끝난 다음에는 어지러움, 구역감 등을 느낄 수 있으니 주의해 주십시오."

뭐야. 최대 속력이 시속 15킬로미터라면 별로 빠른 것도 아니네. 보통 버스나 전철이 내는 속력을 생각하면 그 정도야. 그리고 좌석에는 안전 손잡이만 있고 안전벨트는 없다. 안전벨트가 필요 없을 정도로 안전하다는 뜻 아니겠어? 그렇게 마음을 놓고 있는데 갑자기 노란 양복이 폭탄 선언을 했다.

"이번에는 특별한 경기를 위하여 통상 운행 시간인 이 분에서 사 분으로 시간을 대폭 늘려서 운행합니다."

놀란 아이들이 웅성거렸다. 이 분에서 사 분이면 두 배나 되는 시간이다. 갑자기 그런 법이 어디 있어? 나는 고개를 돌려 밖에 서 있는 노란 양복을 노려보았다. 노란 양복은 불길하게 히죽히죽 웃고 있었다.

"안드로메다 회전 원반, 머나먼 신비의 은하계를 향해 출바알!"

안전 요원의 힘찬 외침과 함께 원반이 천천히 돌기 시작했다. 공상과학 만화에서 나올 법한 음악이 흘러나오며 원반은 조금씩 속력을 높여 갔다. 그래도 바닥에서 기껏해야 1미터 정도 높이에 단단히 고정되어 제자리에서 돌기만 하는 원반은 해적선에 비하면 어린애 장난이라고 할 수 있을 만큼 편안했다. 아직까지는.

13번은 사장님 같은 자세로 의자에 걸터앉아 여유를 부렸다. 35번은 안전 손잡이를 두 손으로 꽉 잡고 잔뜩 긴장한 채 아무 말도 하지 않았다. 원반이 돌기 시작한 지 삼십 초 정도 지났을까. 갑자기 음악이 빨라지며 뿅뿅 하는 레이저 총 소리가 들려왔다. 안전 요원이 마이크를 부여잡고 다급한 어조로 외쳤다.

"지구 방위군의 추격이 시작되었습니다! 조심하세요!"

"우와악!"

원반이 빠른 속도로 빙글빙글 돌기 시작했다. 13번과 내 입에서 동시에 비명이 튀어나왔다. 반듯한 수평 상태였던 원반이 갑자기 오른쪽 왼쪽으로 번갈아 기울어지기 시작했다. 원반에 탄 사람들은 이리저리 떠밀리며 서로 마구 부딪혔다. 그러는 동안 음악은 점점 더 빨라지며 소용돌이처럼 휘몰아치더니 음악이라고 부르기도 힘든 이상야릇한 불협화음을 만들어 냈다. 빙글빙글 돌면서 뿡뿡 빵빵 깡깡거리는 소리를 계속 듣자니 머리가 이상해질 것 같았다.

"저리 비켜!"

"너나 비켜!"

원반 속에서 서로 몸이 부딪힐 때마다 아이들은 비명을 질렀지만 안전벨트가 없어서 몸을 가눌 수도 없었다. 젠장, 이러려고 안전벨트를 없애 놓았구나. 힘차게 흔들어 놓은 플라스크 속의 액체처럼 아이들은 좌우상하로 마구 떠밀려 내려갔다가 올라왔다. 아이들의 비명 소리가 조금씩 사그라졌다. 더 이상 비명을 지를 힘도 없을 만큼 어지러운 상태가 된 것이다. 시속 15킬로미디라는 속도는 일직선으로 달릴 때는 느리지만 제자리에서 빙빙 돌 때는 엄청나게 빨랐다.

나는 손잡이를 꽉 붙든 채 위를 올려다보았다. 원더랜드를 뒤덮은 투명 돔 모양 천장이 팽이처럼 희한한 무늬를 그리며 돌고

있었다. 갖가지 색깔의 풍경이 한데 뒤섞여 괴괴한 색을 만들어
냈다. 그러는 동안 외계 우주선의 신호음 같은 전자 음악은 계속
해서 템포를 높이고 있었다. 나는 반쯤 환각 상태에 빠져들며 서
로 뒤섞이는 풍경을 올려다보았다. 빙빙 돌아가는 내 시야에 갑
자기 엄청난 광경이 펼쳐졌다. 유리 돔의 한가운데가 둘로 쩍 갈
라지며 종합 운동장만큼 거대한 유에프오가 원더랜드로 내려앉
고 있었다.

오', 드디어 안드로메다 은하계에서 나를 데리러 왔구나―.

"으우웩!"

내 얼굴 바로 옆에서 돼지 멱따는 소리가 울렸다. 덕분에 나는
환각 상태에서 깨어나 옆을 쳐다보았다. 13번이 한 손으로 제 입
을 틀어막고 있었다. 얼굴이 시퍼렇게 질린 것이 당장이라도 구
역질을 할 모양새였다. 나는 반사적으로 13번을 향해 소리쳤다.

"야, 토하지 마! 토하면 죽는다!"

저 자식이 토하면 나까지 토해 버릴 것 같았다. 이 빌어먹을
원반은 고문 기계나 매한가지였다. 두개골과 뇌가 서로 반대 방
향으로 도는 기분이었다. 예전에 아빠가 사 온 소주를 몰래 한 병
꼬불쳐 놨다가 단숨에 마신 적이 있었는데, 지금 상태가 딱 그때
와 비슷했다. 목구멍에서 신물이 올라오며 더 이상 구역질을 억
누를 수 없게 되었을 즈음에야 원반이 가까스로 회전을 멈추고
구원의 목소리가 들려왔다.

"은하계 대탐험이 끝났습니다. 승객 여러분은 안전 요원의 안내에 따라 우측에 있는 출구로 내려가 주세요. 소지품 잘 챙기십시오!"

아이들은 비칠거리며 일어나 원반에서 내려갔다. 욕을 하는 아이도 있었지만 대부분은 너무 어지러워서 말도 못 하고 다리만 간신히 움직일 뿐이었다. 무슨 병자들의 행렬 같았다. 원반에서 내려 땅바닥을 밟는 순간 강렬한 현기증이 나를 덮쳤다.

"우욱, 쏠려."

내 옆에서 같이 휘청거리던 13번이 출구를 바라보며 중얼거렸다.

"종…… 종 쳐야 돼!"

맞다, 종! 13번은 앞서서 비틀거리며 종을 향해 뛰기 시작했다. 나도 뒤늦게 13번을 쫓아 달리기 시작했고 다른 아이들도 달렸다. 빨리 뛰고 싶었지만 비스듬하게 기울어진 바닥이 기름을 잔뜩 칠한 미끄럼틀처럼 자꾸만 내 몸을 한쪽으로 밀어냈다. 바닥에 자빠지는 아이들도 있었다. 술 취한 사람처럼 팔다리를 흐느적거리며 갈지자로 뛰어가는 아이들의 꼬락서니는 볼만했을 것이다.

"푸하하하, 으하하하! 저것 좀 봐요!"

아니나 다를까 노란 양복과 직원들과 일반 입장객들의 자지러지는 웃음소리를 들으니 우리의 꼬락서니가 얼마나 우스운지 알

만했다. 그들은 배를 잡고 한여름 논바닥에 들어찬 개구리 떼 같은 소리로 웃어 댔다. 나는 술에 취한 아빠처럼 악을 썼다.

"빌어먹을, 재밌냐? 이게 재밌냐고!"

어지러움 속에서 내 목소리는 생각보다 훨씬 작고 힘없이 흘러나왔다. 끝없이 이어지는 웃음소리 속에서 나는 이를 악물고 뛰었지만 미끄럽고 기울어진 바닥 때문에 쉽게 균형을 잡을 수 없었다.

갑자기 누군가 내 어깨를 스치고 총알처럼 앞으로 튀어나갔다. 35번이었다. 무릎 위로 말려 올라간 원피스 아래로 길고 가무잡잡한 다리가 성큼성큼 거침없이 움직였다. 35번은 비틀거리고 자빠지는 사내아이들을 손쉽게 젖히고 종을 향해 일직선으로 뛰어갔다. 선두에 선 13번을 35번이 앞지르는 순간, 13번 녀석이 갑자기 앞으로 몸을 던져 두 손으로 35번의 헐렁한 원피스 자락을 움켜잡으려 했다. 그 모습을 본 순간 나도 모르게 분노에 찬 고함이 터져 나왔다.

"뭐 하는 거야, 망할 자식아!"

나는 반사적으로 몸이 기울어지는 방향으로 힘을 실어 13번의 등에 머리를 들이박았다. 13번과 내가 바닥으로 자빠지는 순간 35번이 종에 매달린 줄을 낚아챘다.

녹슨 꽹과리 소리 같은 종소리가 울려 퍼졌다. 뒤처져 달리던 아이들은 일시에 힘을 잃고 바닥에 주저앉았다. 나는 바닥에 엎어진 채 힘차게 종을 울리는 35번을 올려다보았다. 어른들의 웃음소리는 어느새 뚝 그쳐 있었다. 35번은 원더랜드에 있는 모든 사람들의 입을 다물게 해 주겠다는 기세로 종을 울려 댔다.

제법이네. 여자애 보고 제법이라는 생각을 한 건 난생처음이었다. 35번은 양복 입은 직원들이 달려와 뜯어말릴 때까지 계속 종을 쳤다.

"두 번째 경기는 35번 참가자가 1등입니다!"

노란 양복이 35번의 명찰에 별 모양 스티커를 붙여 주었다. 35번은 커다란 눈이 튀어나오도록 명찰을 쳐다보았다. 35번을 보고 있자니 문득 지난 올림픽 육상 경기에서 금메달 몇 개를 휩쓸었던 흑인 여자 선수가 생각났다. 35번은 선수 명찰에 붙은 스티커가 금메달이라도 되는 것처럼 소중하게 어루만졌다. 나는 35번에게 다가가 슬쩍 물어보았다.

"너는 안 어지러웠냐?"

"안 어지럽긴. 엄청 어지러웠어."

"그런데 어떻게 그렇게 잘 뛰었어?"

35번은 나를 바라보며 자신 있게 말했다.

"내가 유일하게 잘하는 게 달리기라서…… 웁!"

갑자기 35번이 명찰을 놓치며 두 손으로 입을 틀어막았다.

"왜 그래?"

"토할 것 같아."

35번은 시퍼렇게 된 얼굴로 어쩔 줄 몰라 했다.

"야 잠깐만, 화장실이……."

나는 황급히 주위를 두리번거렸지만 너무 넓어서 화장실이 어디 있는지 알 수도 없었다. 35번은 더 이상 구역질을 참지 못하고 바닥에 쪼그려 앉더니 토하기 시작했다.

"우웩!"

주변에 있던 아이들이 기겁을 하며 흩어졌다. 35번은 먹은 것을 전부 땅바닥에 게워 냈다. 온 사방에 코를 쏘는 악취가 퍼져 나갔다.

"어우 냄새, 더러워 죽겠네!"

가장 가까이에 있던 1번 녀석이 손가락으로 제 코를 틀어막으며, 쭈그려 앉은 35번의 등 뒤에 대고 발길질을 했다. 나는 나도 모르게 1번의 어깨를 확 밀어젖히며 소리쳤다.

"왜 그래?"

"왜긴, 더럽잖아! 더럽게 오바이트를 하고 지랄이야."

1번이 수선을 떨자 주위에 있던 아이들이 일제히 코를 막고 35번에게 욕을 퍼붓기 시작했다. 올림픽 육상 선수처럼 멋있었던 35번은 이제는 그저 작고 약한 여자아이로만 보였다. 쪼그려 앉은 35번의 등이 구역질을 할 때마다 물고기처럼 파닥거렸다. 그 모습을 보고 있자 문득 코피를 줄줄 흘리며 이불에 엎어져 있던 동생의 등이 떠올랐다. 나는 1번을 향해 눈을 부릅뜨고 소리쳤다.

"어디다 대고 발길질이야? 죽고 싶냐?"

1번은 머쓱한 표정으로 한 발짝 물러났다. 아이들이 1번하고 나를 에워싸고 "싸워라, 붙어라!" 하고 부추겼다. 저딴 백돼지 새끼, 한주먹에 오줌 지리게 만들어 주마. 주먹을 꽉 틀어쥐는 찰나 유니폼 입은 직원들이 달려와 1번과 나를 밀어젖히고 대걸레로 35번이 토한 것을 닦아 냈다. 한참 늦게 정장 직원 아줌마가 와서 35번을 의무실로 데려가려 했지만 35번은 고개를 저었다. 직원 아줌마는 한사코 거절하는 35번을 벤치에 앉혀 두고 고개를 설레설레 저으며 가 버렸다. 토사물은 닦아 냈지만 역한 냄새는 좀처럼 가시지 않았다. 멀찍이 떨어진 곳에서 노란 양복이 직원 아줌마들과 함께 축 늘어진 35번을 쳐다보며 혀를 찼다. 그 모습을 보자 화가 치밀었다. 사람이 토할 때까지 고생시킬 때는 언제고.

나는 35번에게 다가가 물었다.

"괜찮냐?"

35번은 하나도 안 괜찮아 보이는 낯빛으로 고개를 저었다.

"괜찮아."

난 무심코 바지 주머니에 손을 집어넣었다. 이럴 때 소설이나 텔레비전 드라마에서는 손수건을 내밀던데, 물론 나에게 손수건 따위가 있을 리 없었다. 구멍 난 바지 주머니 한구석에서 어저껜

가 학교 화장실에서 똥 누면서 뜯어 뒀던 휴지 조각 하나가 손에 잡혔다. 나는 어색하게 휴지를 내밀었다. 내가 준 휴지로 입가를 닦은 35번은 커다란 눈으로 나를 빤히 바라보며 중얼거렸다.

"고마워."

계집애, 눈 한번 엄청 크네……. 괜히 쑥스러워진 나는 손바닥을 바지 자락에 툭툭 털며 퉁명스럽게 대답했다.

"고맙긴."

35번은 신나게 돌아가는 원반을 바라보며 착잡하게 중얼거렸다.

"진짜로 1등한테 상으로 이백만 원을 줄까?"

"주겠지."

아니, 줘야만 한다. 이 지랄 같은 고생을 두 번이나 시켰는데 돈 안 주면 진짜 열받을 거다. 35번은 멀찍이 서 있는 1번을 바라보며 말했다.

"우리만큼 돈이 필요한 애들이 또 있을까?"

나는 35번과 함께 1번을 바라보며 부반장을 생각했다. 운동장만 한 부반장네 아파트와 그 집을 가득 채운 갖가지 비싸고 좋은 물건들을 생각했다. 아마 1번네 집은 부반장네 집보다도 훨씬 크고 좋을 거다. 아무리 대단한 상품을 준다고 해도 1번은 콧방귀도 뀌지 않을지 모른다. 어쨌거나 1번은 35번이나 나만큼 간절히 돈을 원하지는 않을 것이 분명했다. 온 세상 아이들이 원하는 건 뭐든 다 있는 원더랜드라지만, 이미 많은 것을 가진 녀석이 원하는 것과 아무것도 없는 녀석이 원하는 것은 같을 수 없을 테니까.

35번은 고양이처럼 쭉 기지개를 켜더니 가볍게 벤치에서 뛰어내렸다. 나는 어안이 벙벙해져서 순식간에 기운을 차린 35번을 바라보았다. 35번은 나와 눈을 마주치지 않은 채 혼잣말처럼 중얼거렸다.

"너도 다음번에는 1등 해라."

"어? 뭐라고?"

여자애들은 도통 종잡을 수가 없다. 내 동생만 봐도 그렇다. 35번은 멍해 있는 나를 버려 두고 혼자 빠르게 앞으로 걸어갔다. 1등을 한 35번이 부러우면서 한편으로 초조함이 밀려왔다. 이제 남은 예선 경기는 두 개다. 두 번 중에 한 번은 반드시 1등을 해야만 마지막 결승전에 진출할 수 있다. 처음 두 경기가 이렇게 어려운데 남은 경기들이 쉬우라는 법은 없다. 과연 내가 남은 두 번 중 한 번이라도 1등을 할 수 있을까.

"지금부터 삼십 분 동안 점심시간입니다. 줄을 서서 점심 도시락을 받으세요."

밥 준다는 소리에 귀가 번쩍 뜨였다. 공주 드레스 누나들이 나누어 준 김밥과 우유로 배를 불리자 초조하던 기분이 한결 가라앉았다. 점심을 해치운 아이들은 놀이 시설 안내판 앞에 모여 어떤 시설들이 있는지 구경했다. 우리가 경기를 벌이는 '그레이트 파이브'는 지중해 해적선, 회전 원반과 함께 '고공 자유 낙하'라는 놀이 기구와 청룡 열차로 통하는 '블루 드래곤 특급', 그리고 '보물섬 대탐험'이라는 다섯 가지 놀이 기구로 이루어져 있었다. 남은 놀이 기구 세 개 중 과연 어떤 곳에서 결승전이 벌어질지는 노란 양복과 직원들 외에는 아무도 몰랐다. 아이들은 남은 경기 방식에 대해 열띤 토론을 벌였다.

"아무래도 청룡 열차가 결승전 아닐까? 놀이 기구 중에서는 청룡 열차가 제일 무섭잖아."

"고공 번지 점프가 죽여 준다는데? 내 생각에는 거기서 결승전 할 것 같아."

"보물섬 대탐험이라는 건 뭐야? 이거 타 본 사람 있어?"

"그거 별거 없어."

아니나 다를까 1번 백돼지가 냉큼 끼어들었다.

"별거 없어? 진짜야?"

"그거 그냥 유람선 같은 배 타고 지하 미로를 지나가는 거야. 천천히 움직여서 하나도 안 무서워. 유치원생도 탈 수 있을걸?"

아이들은 너도 나도 1번에게 캐물었다.

"진짜야? 너 진짜 여기 원더랜드에서 타 본 거 맞아?"

"아니. 미국에서 비슷한 거 타 봤어."

"미국이랑 한국이 같냐?"

1번은 한심하다는 표정으로 아이들을 휘 둘러보더니 미국 사람처럼 어깨를 크게 으쓱했다.

"참 나. 생각 좀 해 봐라. 한국이 미국보다 후진국인데, 놀이기구가 미국 거보다 더 무서울 리가 없잖아?"

나는 1번에게 쏘아붙였다.

"후진국 같은 소리 하고 자빠졌네. 그럼 넌 한국인 아니냐?"

그러자 1번은 코웃음을 치며 되받아쳤다.

"한국이 미국보다 꼬진 건 사실이잖아? 미국이 얼마나 잘사는 줄 아냐? 공항부터 김포공항이랑은 차원이 다르다고."

1번을 처음 봤을 때에는 부반장이랑 비슷한 놈이라고 생각했는데, 전혀 달랐다. 이 자식은 아무리 많은 아이들에게 둘러싸여 적의에 가득 찬 시선의 집중포화를 받아도 조금도 주눅이 들지 않았다. 전학 가기 전의 부반장이 이랬을까? 이 자식은 부반장이 잠깐 살다 텃세를 이기지 못하고 도망쳐 나온 바로 이곳, 원더랜드 동네에 지어진 비싼 아파트에서 지금도 계속 살고 있을까? 풍선 같은 이 녀석의 배 속은 피자나 햄버거 같은 기름진 음식들로 가득 차 있을까? 그 덕분에 저렇게 당당할 수 있는 걸까?

미국과 일본의 놀이공원도 가 보았고, 원더랜드를 거침없이 무시하는 1번. 현실 속에 지어진 꿈의 세상인 원더랜드와 1번의 삶은 똑같았다. 나의 현실과 1번의 현실은 명백하게 달랐다. 똑같은 시간, 똑같은 나라, 똑같은 중학생으로 살아가는데 각자 사는 현실은 1번의 말처럼, 차원이 달랐다.

"아무튼 보물섬 대탐험은 별로 안 무서우니까 결승전이 아닐 확률이 높다는 거네."

"참 나. 블루 드래곤 특급에서 결승전 할 거라니까?"

"웃기지 마. 그 빠른 청룡 열차 위에서 대체 뭘 할 수 있겠냐?"

노란 양복이 입씨름을 멈추지 않는 아이들의 뒤통수에 대고 소리쳤다.

"여러분 주목! 세 번째 경기 시작입니다! 지금부터 모두 지시에 따라 바깥으로 나가 주세요!"

바깥으로라니, 원더랜드는 동양 최대 규모의 '실내' 놀이공원이 아니었던가? 노란 양복은 어리둥절해하는 아이들을 이끌고 안드로메다 회전 원반의 바로 옆에 있는 커다란 성문으로 향했다. 문밖에는 새파란 여름 하늘과 함께 또 다른 세상이 우리를 기다리고 있었다.

6

고공 자유 낙하

원더랜드는 실내와 실외, 두 가지의 공간으로 이루어져 있었다. 우리는 성문 밖으로 나 있는 길고 둥근 다리를 건너 또 다른 원더랜드에 당도했다. 그 넓고 엄청난 실내 공간으로도 부족해서 바깥에까지 놀이공원을 만들어 놓다니, 눈으로 보면서도 믿어지지 않았다. 다리의 끝에는 신문 광고와 포스터에서 신물나게 보아 왔던 그 마법의 성이 우뚝 솟아 있었다.

세 번째 경기가 벌어지는 곳은 '고공 자유 낙하'라는 이름의 까마득하게 높은 놀이 기구였다. 전신주 열 개를 합친 것만큼 굵은 철근 기둥으로 만들어진 고공 자유 낙하는 크레인처럼 하늘을 찌를 듯한 기세로 우뚝 서 있었다. 어찌나 높은지 목뼈가 아플 정도로 고개를 뒤로 꺾어야 간신히 꼭대기가 보였다. 마법의 성보다도 훨씬 높았고, 부반장네 아파트보다도 높아 보였다.

"으…… 장난 없다."

아이들은 다 함께 고개를 뒤로 꺾은 채 중얼거렸다. 고공 자유
낙하는 그저 올려다보는 것만으로 뒷덜미에 닭살이 일었다. 철
근과 페인트로 만들어진 인공 구조물은 거대한 공룡처럼 움직여
서 사람들을 납작하게 짓밟을 것만 같았다.

"자유 낙하가 무슨 뜻이야?"

"수업 시간에 졸았냐? 떨어진다는 뜻이야."

"뭐? 그건 그냥 투신자살이잖아!"

애들이 지껄이는 소리를 들으니 간이 절로 오그라붙었다. 도
대체 저렇게 높은 데다 사람을 올려놓는다니 제정신이냐. 탑승
객들은 어디 있지? 벌써 꼭대기에 매달렸나?

"저기 좀 봐, 시작한다!"

경쾌한 음악이 울리더니 놀이 기구가 천천히 움직이기 시작했
다. 멍하니 있던 아이들은 꿈에서 깨어난 듯 우르르 몰려가 철제
난간에 매달려 구경했다. 탑승객들은 우리 쪽에서는 잘 보이지
않는 맞은편 기둥 맨 아래에 붙은 의자에 매달려 있었다. 나도 모
르게 두려움에 찬 신음이 흘러나왔다. 수십 명의 사람을 실은 탑
승석은 안락한 의자라기보다는 겨우 엉덩이 정도만 걸칠 수 있
는 불안한 모양새였다. 의자는 엘리베이터처럼 느린 속도로 위
를 향해 올라갔다. 나는 마른침을 삼키며 의자에 매달려 올라가

는 사람들을 눈으로 좇았다. 저 높은 곳에 맨몸으로 덜렁 매달려 있는 게 나라고 생각하니 오줌이 마려웠다.

우리 앞에 선 안전 요원이 마이크를 잡고 기운차게 설명했다.

"승객 여러분. 여러분은 세계 최초이자 최고의 놀이 기구, 고공 자유 낙하를 타고 올라가고 있습니다. 여러분은 이제 곧 68미터 상공에서 서울의 경치를 볼 수 있습니다!"

68미터! 저렇게 높은 곳까지 안전 요원의 목소리가 들리기나 할까? 의자에 매달린 사람들은 부지런히 위로 실려 올라가 어느새 까마득한 꼭대기 근처에 다다랐다. 너무 높은 곳에 있어서 매달린 사람들의 발 끄트머리가 참새 발가락만 하게 보였다.

사람들을 싣고 열심히 올라가던 의자가 멈추었다. 드디어 꼭대기에 도착한 모양이었다. 꼭대기에 멈추자마자 바로 자유 낙하를 시작할 줄 알았는데, 예상 밖으로 의자는 꼭대기에 멈춰 선 채 움직이지 않았다.

"자, 여러분. 저기 한강 너머를 보세요. 남산타워가 보이죠? 북한산도 아주 잘 보일 겁니다. 왼쪽에는 올림픽이 열렸던 종합운동장이 보이죠? 오늘 날씨가 참 맑아요. 기상청 발표에 따르면 근 십이 년 동안 최고로 맑은 하늘이라는군요."

안전 요원은 사람들을 까마득한 꼭대기에 매달아 놓은 채 태평한 소리를 늘어놓았다. 13번이 말했다.

"더 무서우라고 일부러 저러는 거야."

악취미가 따로 없다. 안전 요원은 계속해서 서울의 경치에 대해 주워섬겼다. 구경꾼들 중 몇몇이 앞을 다투어 재촉하기 시작했다.

"떨어트리려면 빨리 좀 해라!"

"저러다 사람 잡겠다!"

갑자기 안전 요원이 긴박감 넘치는 목소리로 부르짖었다.

"이제 자유 낙하의 순간입니다! 승객 여러분, 마음의 준비를 하세요!"

꼭 내가 저 꼭대기에 매달려 있는 사람이 된 것 같았다. 다른 아이들도 마찬가지로 손에 땀을 쥐고 올려다보았다. 미국에서 우주왕복선을 발사할 때도 이만큼 떨리지는 않았을 거다.

"삼, 이, 일, 낙하!"

그와 동시에 꼭대기에 매달린 의자가 뚝 떨어졌다. 올려다보던 사람들과 떨어지는 탑승객들이 동시에 비명을 내질렀다. 불과 이삼 초도 되지 않아 의자는 바닥에 사뿐히 내려앉았다. 의자가 착륙하는 것과 동시에 엄청난 바람이 밀려와 구경하던 사람들의 머리카락과 옷자락이 휘날렸다. 잔뜩 긴장했던 몸의 근육이 확 풀리면서 숨이 턱 막혀 왔다. 내 옆에 선 35번은 떨리는 목소리로 중얼거렸다.

"진짜 무섭다. 죽으면 어떡해."

"설마 죽기야 하겠나."

말은 그렇게 했지만 정말 죽을 만큼 무서워 보였다. 우리 앞에 줄을 선 사람들의 표정이 줄이 짧아질수록 점점 어두워지고 있었다. 그래도 저 위에서 정체불명의 시합까지 벌여야 하는 우리에 비하면 저 사람들은 행복한 거였다.

"구경 잘 했나요? 그러면 이제부터 세 번째 경기 수칙을 설명하겠습니다."

노란 양복이 설명을 시작했다. 아이들은 잔뜩 얼어붙었다.

"세 번째 경기 방식은 참 쉽습니다. '고공 자유 낙하'를 타는 동안 단 한 번도 비명을 지르지 말 것!"

간단? 한 번도 비명 지르지 말 것? 그래, 말은 참 쉽다.

"이번에는 나름 해 볼 만한걸? 아까 구경하니까 떨어지는 데 몇 초밖에 안 걸리던데, 그동안만 꾹 참으면 되잖아."

"난 아까 시계로 재 봤는데 딱 삼 초 반 걸렸어. 그 정도면 참을 만하지."

"떨어질 때만이 아니라 올라갈 때도 엄청 소리 지르던데."

"그러게. 올라갈 때가 더 무서울 것 같아."

"그런데 비명을 지르는지 안 지르는지는 누가 판단해?"

"에에, 떠들지 말고 주목! 여러분이 과연 진짜로 비명을 지르는지 지르지 않는지는 우리 원더랜드에서 이번 경기를 위해 특별히 개발한 최첨단 기계로 판독합니다."

노란 양복은 직원을 불러서 희한하게 생긴 모자를 하나 건네

받았다. 모자를 높이 치켜든 노란 양복을 향해 카메라 플래시 세례가 쏟아졌다. 모자는 공사장 아저씨들이 쓰는 헬멧과 비슷하게 생겼는데, 아래쪽에는 얼굴에 맞게 조절할 수 있는 끈이 달렸고 꼭대기에는 소방차나 앰뷸런스의 사이렌처럼 생긴 큼지막한 전구가 하나씩 붙어 있었다.

"여러분은 한 명도 빠짐없이 이 특수 헬멧을 쓰고 탑승할 겁니다. 이 헬멧 안쪽에는 최첨단 음파 탐지기가 하나씩 붙어 있습니다. 그럼 지금부터 이 특수 헬멧이 어떻게 작동하는지 시범을 보이겠습니다."

노란 양복은 헬멧을 자기 머리에 쓰고 끈을 턱에 맞게 조인 다음 말했다.

"지금은 전구에 불이 안 들어오죠?"

아이들은 고개를 끄덕였다. 그러자 노란 양복은 마이크에서 입을 떼고 헛기침을 한 번 하더니, 느닷없이 온 힘을 다해 고함을 내질렀다.

"우와아아악!"

구경하던 사람들이 기겁을 했다. 노란 양복은 계속 고함을 지르면서 손가락으로 머리 꼭대기를 가리켰다. 헬멧 꼭대기의 전구에 빨간 불이 정신없이 번쩍거리고 있었다. 노란 양복이 입을 다물자 빨간 불도 꺼졌다. 노란 양복은 만족스러운 표정으로 헬멧을 벗으며 말했다.

"보시다시피 이 헬멧을 쓴 사람이 큰 소리를 지르면 전구에 불이 들어옵니다. 그리고 헬멧 내부에는 무선 센서가 내장되어 있어서, 여러분이 위에서 소리를 지르면 아래에서 대기하는 우리 직원들 앞에 놓인 전구에도 동시에 불이 들어오게 됩니다."

고공 자유 낙하의 기계 조정실 앞에는 가로로 긴 테이블이 놓였고 그 위에는 헬멧의 전구와 똑같은 전구 수십 개가 늘어서 있었다. 전구에는 1번부터 35번까지 번호가 적혀 있었고 테이블 앞에는 정장 입은 직원 일곱 명이 전구를 다섯 개씩 맡아서 확인하고 있었다.

"비명 소리의 데시벨을 측정하는 기술과 무선 연동 기술, 그야말로 엄청난 기술력이 아닙니까? 전부 우리 원더랜드 연구실에서 자체 개발한 최첨단 기술입니다. 백 퍼센트 국산 기술이라 이겁니다!"

노란 양복이 뒤에 앉은 원더랜드 사장님을 연신 쳐다보며 자랑을 늘어놓는 것을 보며 나는 혀를 내둘렀다. 기껏 중학생 애들이 벌이는 경기 한 판을 위해서 저런 첨단 장치를 개발하다니. 원더랜드 회사에는 돈이 얼마나 많은 거냐. 시종일관 별것 없다며 무시하던 1번 백돼지도 이번만은 눈을 똥그렇게 뜨고 놀란 표정을 짓고 있었다.

곧이어 직원들이 아이들에게 각자의 번호가 적힌 헬멧을 하나씩 나누어 주었다. 아이들은 앞다투어 자기 몫의 헬멧을 쓰고 고함을 질러 보았다. 신통하게도 보통 때처럼 작은 소리로 이야기하면 불이 안 들어오고, 크게 고함을 지르면 거짓말처럼 빨간 불이 번쩍거렸다. 아이들은 잔뜩 흥분해서 떠들어 댔다.

"이거 집에 가져가고 싶다. 달라고 하면 안 주겠지?"

"엄청 비쌀 텐데 주겠냐?"

"1등 상으로 이거나 주면 좋겠다."

노란 양복은 흡족한 눈빛으로 아이들을 바라보며 선언했다.

"그럼 지금부터 세 번째 경기를 시작합니다!"

우리는 줄을 서서 탑승석에 오를 준비를 했다. 어쩌다 보니 이번에도 내 양쪽 옆에 35번 여자아이와 13번 녀석이 섰다. 반칙왕으로 찍힌 놈 바로 옆에 타려니 기분이 좋지 않았지만 이제 와서 어쩔 도리가 없었다. 막상 탑승석 앞에 서니 엉덩이를 붙일 의자 크기가 너무 작았다. 엉덩이 반쪽만 겨우 걸칠 수 있을 정도였다. 게다가 등받이가 앞쪽으로 비스듬하게 기울어져 있어 탄 사람을 당장이라도 밖으로 밀어 떨어트릴 것만 같았다.

우리가 의자에 앉자 안전 요원들이 따라 올라와 전투기 벨트 같이 생긴 X자 모양 안전벨트를 일일이 어깨와 허리를 가로질러 채워 주었다. 안전벨트를 맨 다음에는 머리 위에 설치된 구명조끼 모양 고정 장치가 자동으로 내려와 몸을 단단히 고정시켰다. 안전벨트는 숨이 막힐 정도로 세게 조여들었고 고정 장치는 엄청 단단한 재질이라 만에 하나 몸이 앞으로 떠밀려 나간다 해도 그대로 뚝 떨어지지는 않을 것 같았다. 물론 그렇다고 해서 무서움이 가시는 건 아니었지만.

다 함께 주먹만 한 전구가 달린 헬멧을 쓰고 나란히 의자에 매달려 있는 우리는 대단한 구경거리였다. 다른 놀이 기구 앞에 있던 사람들까지 이쪽으로 몰려와서 손가락질을 하고 있었다. 사진사는 열심히 플래시를 번쩍이며 우리의 모습을 카메라에 담았다. 35번이 떨리는 목소리로 말했다.

"우리 이러다가 진짜 신문에 실리는 거 아냐?"

"충분히 그럴 것 같다."

공부 못하는 내가 우리 집안에서 처음으로 매스컴을 타겠구나. 기쁘기는커녕 다리가 후들후들 떨렸다. 모터가 돌아가는 육중한 소리와 함께 놀이 기구가 움직이기 시작했고 두려움 속에 신경질적으로 떠들던 아이들의 입이 동시에 닫혔다. 의자는 천천히, 아주 천천히 위로 올라갔다.

"자, 경기 시작! 이제부터 소리를 지르면 불이 켜지니까 명심하세요!"

노란 양복이 안전 요원이 서 있던 자리에서 마이크를 쥐고 외쳤다. 아주 천천히 올라가나 싶었는데 벌써 발아래 모여 있는 사람들이 엄지손가락만 해졌다. 내 몸은 질긴 안전벨트와 고정 기구로 양손을 좌우로 뻗는 것 외에는 꼼짝할 수 없을 만큼 단단하게 의자에 묶여 있었지만 두 발 아래는 완전한 허공이었다. 단지 두 발이 단단한 땅 위에 놓여 있지 않다는 것만으로도 심장이 쪼그라들었다.

순식간에 발아래의 풍경이 성냥개비만 해졌다. 고개를 들고 앞을 바라보자 바로 앞에 보이는 한강과 함께 서울의 풍경이 한눈에 들어왔다.

"우아악!"

누군가가 첫 비명을 내질렀다. 그 비명을 필두로 순식간에 아이들 몇 명이 고함을 따라 지르기 시작했다.

"이런 이런, 아직 삼십 미터밖에 되지 않았는데 벌써 여덟 명의 탈락자가 나왔군요!"

갑자기 흥에 겨운 노란 양복의 목소리가 아주 가까이에서 들려왔다. 우리는 혼비백산해서 목을 빼고 사방을 둘러보았다. 우리 머리 바로 위에 스피커가 붙어 있었던 것이다. 아이들의 비명은 끊임없이 이어졌고 노란 양복의 목소리도 계속되었다.

"아홉, 열, 열둘, 열다섯…… 탈락자의 수가 빠르게 늘어나고 있습니다!"

나는 당장이라도 목구멍을 헤집고 나올 것만 같은 비명을 애써 참았다. 고개를 쭉 빼고 왼쪽을 보자 13번은 얌체 기운이 싹 가신 얼굴로 정면을 뚫어지게 쳐다보고 있었고, 35번은 두 눈을 꼭 감은 채 "하느님 예수님 아버지."라고 계속 중얼거렸다. 이럴 줄 알았으면 나도 교회나 다닐걸 그랬다.

그래. 나도 눈을 감아 버리면 된다. 눈을 감고 오금 저리는 풍경을 안 보면 덜 무서울 거다. 이것도 반칙이라면 반칙일 테지만 이제는 경기에서 이기고 자시고 너무 무서워서 못 참겠다. 나는 눈을 꽉 감아 버렸다. 그러나 눈을 감아도 밉살스러운 노란 양복의 목소리는 생생하게 들렸다.

"열일곱, 스물…… 아, 이제 정상에 거의 다 왔습니다. 육십 미터, 육십일 미터…… 육십팔 미터! 마침내 정상, 정상에 도착했습니다!"

쿵. 출발할 때와 같은 육중한 모터 소리가 나더니 의자가 멈추었다.

"자아, 이제 곧 인정도 사정도 없는 고공 자유 낙하의 순간이 다가옵니다! 생존자 여러분, 마음의 준비는 되었나요?"

나는 고정 장치에 붙은 손잡이를 꽉 움켜잡았다. 눈을 감고 있자니 상상력에 활력이 돌면서 안전벨트와 고정 장치의 나사가 한꺼번에 풀어지며 천둥벌거숭이가 된 내 몸뚱이가 68미터 아래의 허공으로 사정없이 메다꽂히는 광경이 생생하게 떠올랐다. 제기랄, 도저히 안 되겠다. 나는 그냥 눈을 떠 버렸다.

"육십팔 미터, 육십팔 미터입니다! 놀이 기구 역사상 세계 최초 최고의 높이!"

"씨이발, 그 입 좀 닥치라고!"

어떤 아이가 욕을 하며 절규했다. 나도 마음속으로 미친 듯이 욕을 퍼부었다.

"어이쿠, 방금 스물한 번째 탈락자가 추가되었네요? 자, 그럼 카운트다운을 시작합니다!"

빌어먹을 노란 양복! 나는 노란 양복의 목을 움켜잡고 68미터 아래 바닥으로 내던져 버리고 싶었다. 정말이지 머리 바로 위에서 악을 올리는 노란 양복의 목소리만 아니어도 이 정도로 간이 오그라붙지는 않을 거다. 내가 머릿속에서 사형을 골백번 시키건 말건 노란 양복은 신나게 카운트다운을 시작했다.

"십, 구, 팔, 칠, 육……."

잠깐만, 아까는 셋부터 셌으면서 이번에는 왜 또 십부터야? 기가 막히고 코가 막혔지만 68미터 상공에 매달린 신세로 별수 있나. 노란 양복이 십부터 숫자를 거꾸로 세는 동안 두 녀석이 추가로 비명을 질렀고 곧바로 사방이 온통 공포 어린 비명 소리로 뒤덮였다. 보이지는 않지만 헬멧에 매달린 전구들은 신나게 번쩍이고 있을 터였다. 노란 양복은 육까지 세다 말고 갑자기 카운트다운을 멈추었다.

"자 여러분! 우리 다 함께 카운트다운을 해 볼까요?"

잠깐 동안 잡음이 들리더니 수많은 사람들이 입을 모아 외쳤다. 노란 양복이 구경꾼들에게 마이크를 들이댄 것이다.

"오! 사! 삼!"

우주 왕복선의 역사적인 발사 순간을 기다리는 미국 사람들처럼 희열에 찬 군중의 합창이 스피커를 징징 울리며 터져 나왔다. 어떤 녀석이 거의 울부짖는 목소리로 외쳤다.

"재밌냐? 이게 재밌냐고!"

나는 정신 나간 분위기에 말려 들어가지 않겠다고 다짐했다. 꿋꿋이 비명을 참으며 저 멀리 남산타워의 뾰족한 *끄트머리*를 노려보았다. 이백만 원. 이백만 원이다, 최승협. 아주 잠깐만 참으면 이백만 원이 한 발짝 가까워진다. 소리 지르면 안 돼. 절대로. 사내대장부잖냐. 최승협. 사나이…….

"이, 일, 제로오!"

갑자기 내 왼쪽 팔뚝에 쥐어뜯기는 듯한 아픔이 일었다.

"아얏!"

반사적으로 비명이 튀어나왔다. 동시에 내 몸이 매달린 의자가 자유 낙하를 시작했다. 한 번 터진 비명은 그대로 멎지 않았다. 엄청난 바람이 일어나며 두 발이 어릿광대 인형처럼 위로 번쩍 들어 올려졌다.

"으아악, 으아아악!"

나는 미친 듯이 비명을 질렀다. 왼팔의 통증은 의자가 착륙할 때까지 이어졌다. 의자에서 내려 왼팔을 살펴보자 시뻘겋게 긁힌 자국이 나 있었다. 누가 봐도 분명한 손톱자국이었다. 인정사정없이 꼬집어 뜯은 손톱자국. 이런 짓을 할 수 있는 건 내 왼편에 앉은 13번뿐이다. 나는 그 자리에서 헬멧을 벗어던지고 13번에게 달려들었다.

"이 자식아! 왜 남을 꼬집어?"

"웃기시네. 증거 있어?"

13번은 눈 하나 깜빡하지 않았다.

"네가 내 바로 왼쪽에 앉았는데 너밖에 더 있냐?"

"그러니까, 눈에 보이는 증거가 있냐고. 사진이라도 찍어 놨어?"

"증거? 여기 상처가 있는데 증거가 대수냐? 당장 사회자한테 말할 거야!"

"이를 테면 일러라? 네가 지 팔 꼬집어 뜯어 놓고 나한테 뒤집어씌운다고 하면 되지."

"이 자식이 진짜!"

나는 분을 이기지 못하고 13번의 멱살을 움켜잡아 번쩍 들어 올렸다. 그러자 13번은 왼손으로 제 오른팔을 세게 꼬집어 뜯으며 소리 질렀다.

"야, 야! 이거 봐, 너도 똑같이 나 꼬집었다고 하면 그만이거든? 엉?"

"입 닥쳐, 개자식아!"

나는 13번을 바닥에 메다꽂았다. 거침없이 깐죽거리던 13번은 내 몸 아래에 깔리자마자 미친 듯이 바르작거리며 계집애 같은 비명을 질러 댔다.

“거기 너희들, 어디서 싸움박질이야?”

13번의 비명을 들은 직원 아줌마가 달려와 험악한 표정으로 주의를 주었다. 13번은 발딱 일어나더니 나를 피해 저만치 있는 다른 아이들 무리로 숨어 버렸다.

“쟤는 정말 반칙왕이다, 반칙왕. 나쁜 자식. 저런 자식은 나중에 감옥에 들어갈 거야.”

35번이 혀를 차며 나를 위로했지만 소용없었다. 미치도록 분하고 억울해서 눈물이 비어져 나왔다. 이번에야말로 이길 수 있었는데 저딴 쥐새끼 같은 놈한테 어이없이 당하다니. 염병할 자식. 대회만 끝나 봐라. 땅바닥에 네발로 기어다닐 때까지 뚜드려 패 버릴 테다.

하지만 경기 다 끝나고 패서 뭐하나. 이미 이번 승부는 끝나 버린걸. 노란 양복한테 일러바친다고 해도 13번 말대로 증거가 없으니 어쩔 수 없었다. 다른 녀석들이 목격자를 자처하며 내 편을 들어주지도 않을 테고, 무엇보다도 순식간에 제 오른팔을 꼬집어 손톱자국을 만들어 버린 13번의 용의주도함에는 속수무책으로 당할 수밖에 없었다.

“세 번째 경기의 우승자는 13번, 13번입니다!”

별 모양 스티커를 받고 실실 쪼개는 13번의 얼굴을 부숴 놓고 싶었다. 꿈과 희망이 넘쳐나는 원더랜드에서, 나는 내 동생마냥 경기를 일으키며 데굴데굴 구르면서 악을 쓰고 싶은 충동에 휩

싸웠다. 이제는 더 이상 재미있지도 즐겁지도 않았다. 무조건 이기지 않으면 안 된다는 악에 받쳐 나는 이를 갈았다.

7

블루 드래곤 특급

모든 아이들의 예상을 뒤엎고 네 번째 경기는 '블루 드래곤 특급'에서 진행되었다. 블루 드래곤 특급은 뜻밖에도 실내에 있었다. 마법의 성을 지나 성문을 통과해 안으로 돌아온 아이들에게 노란 양복이 이제는 슬슬 지겨워지는 일장연설을 시작했다.

"우리 원더랜드의 블루 드래곤 특급은 다른 놀이공원 청룡 열차와는 차원이 다릅니다."

"'블루 드래곤'이 한국말로 청룡인데 다르긴 뭐가 달라?"

큰소리 뻥뻥 치는 노란 양복을 향해 어떤 녀석이 비아냥거렸다. 노란 양복은 그 말에 코웃음을 치며 의기양양하게 말을 이었다.

"평범한 청룡 열차는 실외 공간에 있지만, 우리 블루 드래곤 특급은 실내에 있습니다. 자, 보세요!"

노란 양복이 가리키는 곳을 따르자 비좁아 보이는 놀이 기구들 사이를 교묘하게 가로지르며 놓인 블루 드래곤 특급의 구불구불한 레일을 볼 수 있었다. 나는 평범한 청룡 열차를 타 본 적은 없었지만 손을 뻗으면 닿을 것처럼 보이는 좁은 실내 공간을 시속 84킬로미터로 달린다고 생각하니 보통 청룡 열차보다 훨씬 빠르고 무섭게 느껴졌다. 하지만 청룡 열차가 아무리 무섭다 한들 적어도 고공 자유 낙하보다는 덜 무섭겠지. 나는 애써 마음을 다잡았다. 이번 경기는 결승전에 진출할 마지막 기회다. 13번한테 사기 당한 게 억울해서라도 이겨야만 한다. 나는 눈에 불을 켜고 노란 양복의 설명에 정신을 집중했다.

"이제부터 우리 직원들이 여러분에게 사탕을 한 알씩 나누어 드릴 겁니다."

누나들이 돌아다니며 알사탕을 한 개씩 나누어 주었다. 한 아이가 냉큼 사탕 껍질을 까서 입에 집어넣으려 하자 노란 양복이 눈을 무섭게 부릅떴다.

"어허! 지금 당장 먹으라고 준 게 아니에요!"

노란 양복은 머쓱해진 아이들에게 설명을 이어 나갔다.

"여러분은 블루 드래곤 특급 열차에 타기 바로 전에 다 함께 사탕을 입에 넣습니다. 보통 사탕은 어떤 식으로 먹죠? 이빨로 쪼개 먹거나 바로 삼켜 버리는 사람은 잘 없죠? 만일 그런 취미가 있다 해도 이번만은 잠깐 참는 게 좋을 거예요. 왜냐하면 이번 경기에서는 끝까지 사탕을 입속에 고스란히 넣고 있는 사람이 우승자니까! 사탕을 깨물어서 산산조각을 내도, 통째로 삼켜서도 안 됩니다. 열차가 완전히 멈출 때까지 사탕을 잘 물고 있다가 내릴 때에 우리 직원들 앞에서 사탕을 뱉어 검사를 받으면 됩니다."

사탕을 뱉지 않으려면 비명을 지르지 말아야 한다. 고공 자유 낙하와 비슷한 경기 방식이었다. 아니, 따지고 보면 이번이 더 어렵다. 단지 비명만 참으면 되는 게 아니라 사탕을 깨물거나 삼키지 않도록 계속 입안에 신경을 기울여야 하니 말이다.

나는 재빨리 블루 드래곤 특급의 안내판에 적힌 글귀를 읽어 내려갔다. 최대 시속 80킬로미터의 속력으로 급상승과 급하강, 두 군데의 구간에서 360도로 급회전. 360도라면 완전히 거꾸로 돌아가는 셈이다. 아무리 사탕을 잘 물고 있어도 거꾸로 회전하는 구간에서 뱉거나 삼켜 버릴 가능성이 높았다.

"여러분에게 나누어 준 사탕은 시중에서 파는 보통 사탕이 아닙니다. 식용 색소가 보통 사탕에 들어가는 것보다 훨씬 많이 들어가 있지요. 사탕을 입에 넣지 않고 손에 쥐고 있는 등 눈속임을 해도 색소가 손바닥에 묻어서 들통이 납니다. 손을 옷에 닦아도 옷에 색소가 묻어서 반드시 들통이 나게 되어 있어요. 행여나 반칙을 꿈꾸는 사람이 있다면 미리 포기하는 게 좋을 겁니다."

노란 양복이 마이크를 다시금 휘어잡고 목에 핏대까지 세우면서 열렬히 외쳤다.

"이번이야말로 최후의 경기! 대망의 결승전에 출전할 네 명의 선수 중 마지막 한 명에 들 수 있는 마지막 기회입니다!"

노란 양복의 주변에 모여든 구경꾼들이 앞다투어 박수를 치고 휘파람을 불었다. 노란 양복은 마치 올림픽 결승전을 중계하는 아나운서 같았다. 두 번째 예선전이었던 안드로메다 회전 원반 경기 이후로 한 떼의 구경꾼이 생겨났다. 구경꾼의 숫자는 고공 자유 낙하 경기에서 폭발적으로 늘어나 이제는 아예 대놓고 우리를 쫓아 이동하기 시작했다. 원더랜드 전속 사진사는 물론, 몇몇 구경꾼도 덩달아 일회용 카메라로 우리를 찍어 댔다. 눈 아프게 번쩍이는 카메라 플래시 속에서 아이들이 수군거렸다.

"이러다가 1등 한 사람은 아예 9시 뉴스에 나오는 거 아냐?"

"나는 유명 인사 된 것 같아서 기분 좋은데?"

"울 엄마는 나 여기 온 줄 모른단 말야. 속셈 학원 간다고 하고 온 거라서 들키면 맞아 죽는데."

"우리 집에는 어차피 테레비 없어서 9시 뉴스에 나와 봤잔데."

35번의 혼잣말을 들은 나는 무심결에 대꾸했다.

"우리 집도 그래."

"너네 집도 테레비 없어?"

"얼마 전까지는 있었는데 고장 나서 내다 버렸어."

35번은 눈을 반짝이며 나를 쳐다보았다. 나 혼자 하는 생각이겠지만 이 아이는 나에게 은근한 동지 의식을 느끼는 듯했다. 35번은 구경꾼들을 바라보며 어깨를 바르르 떨었다.

"넌 기분 나쁘지 않아? 저 사람들이 우리 쳐다보는 눈빛……꼭 동물원의 원숭이 구경하는 눈빛이야. 난 저런 눈빛 너무 싫어. 지긋지긋해."

튀기 소리를 들으며 살아와서일까, 35번은 사람들의 시선에 유난히 예민했다. 나도 낯선 사람들에게 원숭이처럼 구경당하는 기분이 썩 좋지는 않았다. 35번은 저런 기분 나쁜 눈빛에 얼마나 시달렸기에 지긋지긋하다고까지 하는 걸까?

"저 사람들은 도대체 뭣 때문에 저렇게 우릴 쫓아다니면서 구경하는 걸까?"

"그야 1등이 누가 될지 궁금해서 그러는 거지."

"그게 그렇게 중요해? 자기들이 경기하는 것도 아니잖아."

이해할 수 없다는 얼굴로 되묻는 35번에게 나는 툭 내뱉었다.

"사람들은 이긴 사람만 기억하니까."

나는 왜 35번에게 그런 말을 했을까. 가장 친한 친구들 잎에서도, 동생 앞에서도 한 번도 해 본 적 없는 말을 어째서 처음 만난 여자애 앞에서 거침없이 토해 냈던 걸까.

35번은 눈썹을 찡그리며 내게 되물었다.

"그럼 진 사람들은 뭐가 되는데?"

"뭐가 되긴. 알 바 아니지. 너는 올림픽에서 예선 탈락한 선수 이름 기억하나?"

"이기고 지는 게 그렇게 중요해? 여기는 학교도 아니고, 이건 올림픽 경기가 아니잖아?"

"하지만 너도 여기서 이기고 싶잖아?"

"그야 당연하지."

"왜?"

나는 그 아이가 '이백만 원 받고 싶어서' 라고 대답할 거라 생각했다. 그러나 35번의 대답은 내 예상을 뒤엎었다.

"왜냐하면 난 밖에서는 한 번도 이겨 본 적이 없으니까."

그건 나도 마찬가지다. 하지만 너는 달리기를 그렇게 잘하면서 왜? 하지만 나는 굳이 35번에게 되묻지 않았다. 35번의 남다르게 까만 피부와 구불거리는 머리카락이, 단지 달리기 시합에서 이기는 것만으로는 아무 소용 없다고 35번의 입을 대신해 나에게 말해 주었으니까. 나는 어쩐지 풀이 꺾여서 중얼거렸다.

"그러면 결국 너도 지는 건 싫다 이거네."

"줄 서세요, 줄! 탑승 준비하세요! 네 번째 경기 곧 시작합니다!"

내 말은 확성기를 통해 나오는 노란 양복의 커다란 목소리에 묻혀 버렸다. 나는 35번과 함께 서둘러 블루 드래곤 특급의 탑승구를 향해 뛰었다. 해적선과 고공 자유 낙하를 무사히 타고 내렸지만 여전히 심장이 두근거리고 마른침이 꼴깍꼴깍 넘어갔다.

탑승구 바로 앞에 양복 입은 직원들이 버티고 서서 우리가 사탕을 까서 입에 집어넣도록 했다. 이걸 정말 먹어도 되나 싶을 정도로 새파란 알사탕을 입안에 털어 넣고 보니 정말로, 손가락에 물감처럼 파란 자국이 남았다. 나는 사탕을 빨며 블루 드래곤 특급에 올라탔다. 다행히도 이번에는 옆자리에 사기꾼 13번이 없었다. 나는 단단한 안전벨트와 고정 장치를 몸에 두르고 심호흡을 했다. 달콤한 맛이 입안에 퍼져 나가며 머릿속에 문득 엄마의 카랑카랑한 목소리가 떠올랐다.

"음식 남기면 평생 남긴 음식 지옥에서 다 먹어야 한다!"

굳이 엄마가 뭐라 하지 않아도 동생과 나는 매끼마다 그릇 밑바닥에 구멍이 뚫리도록 박박 긁어 먹었다. 엄마는 반찬은 많이 못 해 주었지만 밥만은 항상 무덤처럼 높다랗게 쌓아 주었다. 그래도 언제나 밥이 모자라면 모자랐지 밥을 남긴 적은 없었다. 과자나 빵을 먹을 때면 비닐봉지를 거꾸로 탈탈 털어 가루 한 톨까지 남김 없이 닦아 먹었다.

국민학교 때, 간혹 어떤 아이가 과자를 들고 나오면 그 아이 주변에는 몇 명에서 수십 명까지 아이들이 구름처럼 모여들었다. 서로 한 개만 달라며 손을 뻗어 대는 와중에 과자가 땅바닥에 떨어지면 즉석에서 땅에 떨어진 과자를 누가 제일 먼저 주워 먹나 내기가 벌어졌다. 과자가 땅에 닿기 무섭게 아이들 몇 명이 득달같이 달려들었다. 순식간에 흙먼지가 뿌옇게 피어올랐고 그 사이에서 하나 혹은 둘이 흙투성이가 된 과자를 놓고 싸움을 벌였다. 내 싸움 실력은 그때부터 빛을 발하기 시작했다. 아니, 정확히는 과자를 먹기 위해 싸움을 하기 시작했다.

문구점에서 파는 불량 식품이 아닌 슈퍼에서 파는 진짜 과자는 어쩌다 운이 좋으면 먹을 수 있었다. 특히 원더제과에서 만든 과자는 아이들 사이에서 엄청난 인기를 누렸다. 젓가락처럼 길고 가느다란 막대에 초콜릿을 입힌 과자와 강냉이처럼 생긴 밀가루 안에 달콤한 초코 크림이 들어간 과자는 선풍적인 인기였다. 어쩌다 원더제과 과자를 갖고 온 녀석이 있으면 치열한 싸움이 벌어졌다.

싸움에서 이긴 녀석만이 과자를 먹을 수 있다. 흙바닥에 떨어진 과자, 남의 입에 들어갔다 나온 과자도 상관없었다. 부반장이나 1번처럼 언제나 집에 과자가 산더미처럼 쌓여 있는 녀석들은 꿈에도 모를 거다. 그래서 그 녀석들이 싸움을 못하는 거다. 애초에 싸울 일이 없으니까.

내 입안에서 달콤하게 녹아드는 사탕은 아마도 원더제과에서 만들었겠지. 만화영화처럼 강렬한 색깔과 불량 식품과는 차원이 다른 깊고 진한 단맛이 사탕의 고귀한 신분을 증명했다. 나는 입을 꼭 다물고 사탕의 맛을 음미했다. 사탕은 '신호등 캔디' 보다 달았고 '스카치 캔디' 보다 부드러웠다. 그동안 블루 드래곤 특급은 천천히 앞으로 달려 나갔다.

열차는 아주 천천히 움직였다. 너무 천천히 움직여서 오히려 더 무서웠다. 열차는 레일을 타고 느린 속도로 점차 위를 향해 올라갔다. 레일의 꼭대기에 다다르자 원더랜드의 유리 지붕이 거의 정수리 꼭대기에 닿을 듯했다.

"떨어진다, 이제 떨어진다."

맨 앞자리에 앉은 녀석이 겁에 질린 목소리로 외쳤다. 그 목소리를 신호로 나는 재빨리 사탕을 혀 아래로 밀어 넣고 두 손으로 고정 장치에 달린 안전 손잡이를 꽉 잡았다. 일 초도 되지 않아 열차가 엄청난 속도로 달음질쳐 내려가기 시작했다. 비명과 열차 바퀴 돌아가는 소리가 뒤섞였다. 머리가 마구 흔들리며 사방의 풍경이 이리저리 뒤섞였다. 빠르다, 너무 빠르다! 열차는 굉음을 일으키며 무서운 속도로 달려갔다. 몇 번의 내리막길과 몇 번의 오르막길이 이어졌다. 온몸이 마구 뒤흔들리는 통에 입이 저절로 벌어지며 당장이라도 비명이 튀어나올 것 같았지만 온 힘을 다해 참았다. 나는 눈을 꼭 감고 입안의 달콤한 맛에만 정신을 집중했다.

몸이 거꾸로 들어 올려지는 감각에 나도 모르게 눈을 떴다. 눈을 뜨자마자 뒤집힌 바닥에 서 있는 사람들이 보여서 다시 눈을 감아 버렸다. 열차는 다시 한 번 360도로 회전했다. 아이들은 거의 죽는 소리를 내며 아우성을 쳤다. 이가 덜덜 떨리며 서로 맞부

덮쳤다. 이걸로 끝이겠지. 이제 더 이상 없겠지. 간절히 바라는 나를 비웃는 것처럼 다시 한 번 몸이 거꾸로 들리며 세 번째 회전으로 접어들었다. 세 번째는 앞의 두 번째 회전보다 훨씬 거대한 원을 그리며 돌았다. 배 속에서 아직 소화가 덜 된 김밥과 우유가 부글부글 끓어오르기 시작했다. 결국 나는 참지 못하고 고함을 질러 버렸다.

"사람 살려!"

사탕이 거의 아랫니 끝에 걸쳐졌다가 격하게 숨을 들이쉬자 목구멍 앞으로 굴러 내려왔다. 사탕이 내 목젖을 지나 목구멍으로 빨려 들어가기 직전에 가까스로 입을 다물고 사탕을 지켜 냈다. 세 번에 걸친 360도 회전이 끝났고 열차는 완만한 기울기의 레일을 달려서 처음 출발했던 지점으로 돌아왔다. 열차가 멈추고 나서도 아이들은 잠시 동안 얼이 나간 채 의자에서 일어나지 못했다.

열차에서 내린 아이들의 얼굴은 가관이었다. 입가에 강시처럼 온통 시퍼렇게 칠갑을 한 녀석도 있고, 실수로 삼켜 버린 사탕을 억지로 끄집어 내려고 손가락을 집어넣고 헛구역질을 하는 녀석도 있었다. 이윽고 양복 직원들이 두 손에 휴지를 얹고 나타나서 아이들에게 사탕을 뱉으라고 말했다. 아이들 대부분이 사탕을 간직하지 못했다. 놀라서 사탕을 삼켜 버렸거나, 공중에서 놓쳐 버렸거나, 용케 뱉지 않고 지켰지만 깨물어서 산산조각이 나 있었다.

한참 만에 내 차례가 왔다. 나는 혀 아래쪽에 밀어 넣어 둔 사탕을 휴지 위에 조심조심 뱉었다. 사탕은 조금 작아졌을 뿐 동그란 모양을 그대로 간직하고 있었다. 내 사탕을 확인한 직원이 고개를 끄덕이며 말했다.

"우승자 나왔네."

곧바로 노란 양복이 달려와 내가 뱉은 사탕을 확인했다. 내 뒤로 내린 아이들 중 사탕을 제대로 보존한 아이는 아무도 없었다. 노란 양복은 내 손목을 덥석 붙잡더니 권투 경기 심판처럼 팔을 위로 번쩍 들어 올리며 구경꾼들을 향해 우렁차게 소리쳤다.

"네 번째 예선전 우승자입니다! 우승자는 33번, 33번!"

우레 같은 박수가 쏟아졌다. 쏜살같이 달려온 사진사가 내 얼굴 앞에 카메라를 바짝 들이대고 플래시를 터트렸다. 나는 얼떨떨한 기분으로 박수 치는 구경꾼들과 아이들을 바라보았다. 이겼다는 실감이 전혀 들지 않았다.

"33번을 마지막으로 결승전에 진출할 네 명의 도전자들이 정해졌습니다! 1번, 13번, 33번, 35번 선수는 앞으로 나와 주세요!"

드디어 이겼다. 이제 결승전에 나갈 수 있다. 이백만 원에 가까워졌다. 노란 양복이 내 명찰 한 귀퉁이에 우승자를 표시하는 금색 스티커를 붙이는 동안에도 나는 정신을 차리지 못하고 원더랜드 천장에 매달려 둥실둥실 흘러가는 풍선만 바라보고 있었다.

"33번! 오른쪽 옆으로 비켜서요!"

노란 양복이 내 등짝을 후려친 덕분에 정신이 돌아왔다. 나는 노란 양복에게 물었다.

"아까 뱉은 사탕 다시 먹어도 되나요?"

노란 양복은 황당하다는 표정으로 나를 내려다보았다.

"먹으려면 새걸 먹지, 더럽게 왜?"

"아, 그냥 주세요."

나는 사탕을 검사한 양복 직원에게 뱉은 사탕을 받아서 다시 입에 넣었다. 혀가 찡하게 달콤한 단맛이 퍼져 나갔다. 블루 드래곤 특급 위에서는 정신이 하나도 없었는데 내려서 먹으니까 훨씬 달고 맛있었다. 만족스럽게 사탕을 빠는 나를 빤히 쳐다보던 1번 녀석이 오만상을 찌푸렸다.

"어우, 드럽게 먹던 걸 먹냐?"

"아깝잖아."

"아깝기는 개뿔. 어차피 싸구려 불량 식품인데. 그런 거 먹으면 나중에 암 걸려."

"넌 죽고 나면 먹을 거 드럽게 많아서 차암 좋겠다."

"뭐라고?"

나는 암에 걸려 죽을지 몰라도 백돼지 너는 죽고 나서 고생깨

나 할 거다. 지옥에서 먹어 치워야 할 음식 찌꺼기가 한가득일 테니까. 나는 어금니로 까드득 소리 나게 사탕을 씹어 부수며 1번을 향해 씩 웃어 주었다. 1번은 기분 나쁜 표정으로 고개를 돌려 버렸다.

"결승전은 1층에 있는 '보물섬 대탐험'에서 시작합니다!"

8

보물섬 대탐험

"삼십 분 동안 쉬는 시간을 가지고 나서 결승전을 시작합니다."

드레스 누나들이 원더제과에서 나온 과자를 나누어 주었다. 결승전에 진출하지 못한 아이들 서른한 명은 남은 시간 동안 자유롭게 원더랜드를 돌아다니며 놀이 기구를 탈 수 있었지만 다른 결승 진출자들과 나는 이제부터가 시작이었다. 미국에서 놀이 기구를 많이 타 본 백돼지 1번, 쥐새끼 같은 사기꾼 13번, 달리기를 잘하는 35번, 그리고 식탁 하나로 마지막 경기를 이긴 나, 33번. 네 사람 중 누가 마지막 1등을 차지할지는 아무도 모르는 일이었다.

나는 쉬는 시간 동안 35번과 함께 '보물섬 대탐험'의 설명을 자세히 읽어 보았다.

보물섬 대탐험 (4~5인용)

전설의 금은보화가 숨겨진 환상의 보물섬 대탐험!

총 2킬로미터 길이의 모험 코스를 '콜럼버스 호'를 타고 탐험합니다.

비밀의 보물 상자와 말하는 동물, 원주민의 습격 등 다양한 모험이 펼쳐집니다.

이제부터 탑승객 여러분은 한 배를 탄 운명입니다!

주: 당 시설은 9월 1일 개장 예정

나중에 덧붙인 듯 맨 아래 줄만 손글씨로 쓰여 있었다. 9월 1일 개장이면 아직 문을 열지 않은 시설이라는 거 아냐? 설마 경기를 위해서 아직 문도 열지 않은 놀이 기구를 특별히 타게 해 주는 건가?

아이들이 쉬는 동안 노란 양복과 직원들은 분주하게 움직이며 결승전 행사 준비를 했다. 직원들은 보물섬 대탐험의 입구 겸 출구 앞에 처음 야외 무대에 걸었던 대형 플래카드를 옮겨 놓았다. 결승전이 끝나고 1등이 가려지는 대로 축하 행사를 벌이려는 모양이었다. 쉬는 시간이 끝나자 노란 양복은 보물섬 대탐험 입구 앞에 우리 네 사람을 불러 모았다. 35번이 위를 올려다보며 낮게 탄성을 내질렀다.

"우아."

보물섬 대탐험의 입구는 어마어마하게 컸다. 영화 「인디아나
존스」에 나오는 고대 문명의 석상이 양옆에 장승처럼 서서 우리
를 내려다보고 있었다.

"자, 이제 대망의 결승전! 결승전이 벌어질 장소는 바로 이
곳, 그레이트 파이브의 마지막 관문, 보물섬 대탐험입니다. 보물
섬 대탐험은 아직 문을 열지 않은 시설이지만 우리 네 명의 선수
를 위해 특별히 오늘 하루만 개장하기로 했습니다. 큰 행사를 준
비해 주신 우리 원더랜드 사장님과 임직원 여러분께 힘찬 박수
부탁드립니다!"

일렬로 늘어선 직원들이 열심히 박수를 쳤다. 박수 소리를 듣
고, 흩어졌던 구경꾼들이 다시 하나 둘씩 모여들었다. 구경꾼이
불어나자 노란 양복은 한층 더 신이 났다.

"자, 여러분에게 최후의 생존자 네 사람을 소개합니다. 1번,
13번, 33번, 35번입니다! 박수 주십시오!"

우리는 엉거주춤하게 사람들 앞에 서서 허리를 숙여 인사했
다. 귀청이 따갑게 박수가 쏟아졌다. 노란 양복은 우리 네 명을
차례차례 인터뷰하기 시작했다.

"결승전에 임하는 각오 한마디 해 주세요. 먼저 우리 1번 친
구, 어떤 마음으로 우승을 노리고 있습니까?"

"저는 1등 해서 9시 뉴스에 나오겠습니다."

"유명 인사가 될 작정이군요. 다음 13번 친구도 한마디 부탁합니다."

"네! 저는 1등 해서 자랑스러운 대한민국 육군 소령이신 우리 아버지께 이 영광을 돌리고 싶습니다."

"어이쿠, 이 친구는 벌써 1등 한 것처럼 말하네요."

노란 양복의 말에 사람들이 와르르 웃었다. 나는 속으로 비웃었다. 영광 같은 소리 하네. 그딴 소리는 이긴 다음에나 해라. 다음은 내 순서였다.

"우리 33번 친구는?"

노란 양복이 주먹만 한 마이크를 코앞에 들이대자 그만 머릿속이 텅 비어 버렸다. 노란 양복은 재촉하는 눈으로 나를 쳐다보았다. 나는 말라붙은 입술을 혀로 축이고 입을 열었다.

"저는…… 지는 게 싫어서요."

홍콩 영화 주인공처럼 비장하고 멋있게 말할 생각이었는데, 날 쳐다보는 사람들의 표정을 보니 아무래도 실패한 것 같았다. 노란 양복은 같잖다는 듯 피식 웃으며 마이크를 옮겼다.

"거 맹랑한 친구네. 다음 35번!"

"저는 1등 해서 미국에 가고 싶어요."

"미국에는 왜?"

노란 양복이 되묻자 35번은 당황해서 말을 더듬었다.

"어, 그게, 그냥, 예전부터 가 보고 싶었거든요."

"깜둥이네, 깜둥이."

"자기 나라 찾아가려나 보다."

앞줄에 선 구경꾼 중 몇몇이 낄낄거렸다. 35번은 딱딱한 막대기로 명치를 찔린 것 같은 표정으로 고개를 수그렸다.

"경기 방법에 대해서는 보물섬 대탐험 안에 들어가서 설명하겠습니다. 그럼 들어가 볼까요?"

우리는 올림픽 메달리스트들처럼 일렬로 줄을 서서 안으로 걸어 들어갔다. 구경하던 국민학생 하나가 우리를 쫓아 들어오려다 직원에게 붙들렸다. 아이의 아버지가 직원을 향해 "왜 저 애들은 들어가고 우리 애는 못 들어가는 거요?"라며 항의했다. 노란 양복은 우리를 뒤쫓아 들어왔다. 입구 앞에 쳐 놓은 줄 너머에서 목을 빼고 쳐다보는 구경꾼들의 눈빛을 보자 내가 진짜로 선택받은 사람이 된 듯한 기분이 들었다. 그 선택이 어떠한 종류의 선택인지는 모르겠지만.

보물섬 대탐험의 안으로 들어가자 그 속에는 또 다른 세상이 펼쳐졌다. 횃불이 매달린 벽과 천장에는 고대 이집트 벽화들이 그려져 있고 바닥에는 머리카락 대신 혀를 날름대는 구렁이가 돋아난 여자 얼굴이 그려져 있었다. 방 끄트머리에 있는 돌계단을 걸어 내려가자 새로운 방이 나타났다. 천장 한구석에는 엄청나게 큰 거미줄이 걸려 있었다. 자세히 보니 진짜 거미줄이 아니라 정교하게 그린 그림이었다. 나는 손을 뻗어 벽을 만져 보았다. 콘크리트의 건조하고 차가운 감촉에 소름이 돋았다.

방 끝에서 또 계단이 나타났다. 드라큘라 백작의 고성에 있는 계단처럼 나선을 그리며 내려가는 좁고 긴 계단이었다. 돌처럼 만들어진 시멘트 벽에 규칙적인 간격으로 붙은 횃불이 음산하게 어른거렸다. 가까이에서 보니 진짜 횃불이 아니라 작은 백열 전구로 만든 가짜였다. 칠한 지 얼마 안 된 페인트 냄새와 뒤섞여 퀴퀴한 냄새가 풍겼다. 당장이라도 등 뒤에서 차가운 손이 머리채를 휘어잡을 것만 같았다. 영화 「인디아나 존스」에서 본 것처럼 천장에서부터 육중한 돌문이 내려앉아 바깥세상으로 돌아가는 길을 영영 막아 버릴지도 모른다는 말도 안 되는 생각이 들었다.

계단을 내려오자 물 흐르는 소리가 들렸다. 위층 방들과는 다른 널찍한 공간이 나타났다. 나루터처럼 꾸며진 쇠 난간 너머에 배 한 척이 정박해 있었고 그 앞에 노란 양복과 검은 양복 직원들이 우리를 기다리고 있었다. 35번 아이가 내 귀에 속삭였다.

"저 아저씨 아까는 분명 우리 뒤에서 쫓아왔잖아?"

어? 그러고 보니 그러네. 맨 뒤에서 쫓아오던 노란 양복이 어느 틈에 귀신처럼 앞질러 내려온 것이다. 지하 삼 층까지 내려오는 동안 한 번도 우리 앞으로 걸어 나온 적이 없는데 말이다. 무슨 분신술이라도 썼나? 지하 세계의 분위기가 하도 이상야릇하니까 별 허무맹랑한 생각이 다 들었다.

"어서 이리 와요. 이리 와서 여기 일렬로 서 봐."

노란 양복은 우리를 배 앞에 세워 놓고 지긋지긋한 사진 촬영을 했다. 사진사가 셔터를 누르려다 말고 카메라에서 눈을 떼고 퉁명스럽게 외쳤다.

"왼쪽에서 두 번째! 좀 웃어요. 이제부터 신나게 놀이 기구 탈 건데 왜 그렇게 죽상이야?"

나는 전혀 웃고 싶은 기분이 아니었지만 어색하게 입꼬리만 올렸다. 플래시 세례가 눈이 아프게 쏟아졌다. 이제는 사진이고 뭐고 지치고 피곤하기만 하다. 사진 촬영이 끝나자 노란 양복이 마이크 없이 곧바로 설명을 시작했다.

"에, 지금부터 경기 방법을 설명하겠습니다. 여러분은 탐험선 '콜럼버스 호'를 타고 전설의 금은보화가 숨겨진 보물섬의 지하 수로를 탐험하게 됩니다. 지하 수로를 탐험하는 동안 곳곳에서 우리 직원들…… 아니, 신비의 요정과 유령들이 예고 없이 나타나 여러분에게 다양한 도전 과제를 내줄 겁니다. 그 도전 과제들을 얼마나 똘똘하게 풀어내느냐가 승패의 관건이 되겠습니다."

"도전 과제요?"

"어떤 과제인지 조금이라도 가르쳐 주시면 안 되나요?"

우리의 질문에 노란 양복은 두 눈을 무섭게 부라렸다.

"이게 괜히 결승전인 줄 압니까? 그런 건 전부 비밀입니다. 우리 원더랜드에서 1등 상으로 얼마나 큰 걸 준비해 놓은 줄 알아요? 여러분은 상상도 할 수 없는 엄청난 상이라 이 말입니다. 그런 대단한 상을 거저먹을 생각을 하면 안 되겠죠?"

거저먹는다고? 순간 화가 치밀어 올라, 나는 노란 양복을 사납게 노려보았다. 그러자 노란 양복이 나를 마주 바라보며 역정을 냈다.

"어허, 건방지게 어른을 빤히 쳐다보고!"

내가 시선을 피하지 않고 계속 노려보자 노란 양복은 다른 직원들을 돌아보며 나 들으라는 듯이 큰 소리로 말했다.

"하여간 요즘 애들은 글러 먹었다니까."

누가 거저먹을 생각을 했다는 거야? 나는 말 그대로 죽을 각오로 경기에 임하고 있는데? 누가 이런 데 참가하고 싶어서 하는 줄 아나? 나도 그렇고 다른 애들 모두 다 처음에는 그저 원더랜드에서 공짜로 놀이 기구 타고 재미있게 놀 줄로만 알고 여기에 왔다. 아무런 예고 없이 지들 멋대로 우리를 이상한 경쟁 속에 던져 놓고서는, 우리한테 무슨 특별한 권리라도 준 것처럼 건방지다느니 어쩌느니 하며 거드름을 피워?

하지만 그럼에도 불구하고 나는 1등을 하고 싶었다. 1등을 해서 이백만 원을 손에 넣고 싶었다. 노란 양복을 비롯한 원더랜드의 어른들은 이런 내 마음속을 훤히 들여다보는 것이 분명했다. 내가 이기고 싶어 하는 한, 이백만 원을 원하는 한, 그들은 구경꾼들을 한껏 부추기며 대회에서 이겨 보려고 낑낑대는 나를 바라보며 웃어 댈 것이 분명했다.

우리는 차례로 배에 올랐다. 음산한 음악과 함께 배는 천천히 물 위를 움직이기 시작했다. 우리가 탄 배의 뒤에도 앞에도 아무도 없었다. 아직 개장을 하지 않은 놀이 시설이니 당연한 일이지만 으스스하기 짝이 없었다. 우리가 탄 배가 뒤집히거나 물에 빠진다 해도 우리를 구해 줄 사람은 아무도 없을 테니까.

갑자기 13번이 침묵을 깨고 소리 질렀다.

"저거 좀 봐!"

천장에 팔뚝만 한 박쥐가 매달려 있다가 우리를 태운 배가 아래로 지나가자 눈에서 새빨간 불빛을 내쏘며 날개를 퍼덕거렸다. 35번이 소스라치며 비명을 질렀고 그 서슬에 1번도 몸을 움찔 떨었다. 나도 무지하게 놀랐지만 가까스로 아무렇지 않은 척하며 대신 13번에게 화를 냈다.

"뭐야, 가짜잖아?"

곧이어 지하 수로의 풍경이 펼쳐졌다. 보라색과 파란색 불빛이 번쩍이며 쉬이이익 하는 소리와 함께 짙은 물안개가 피어올랐다. 나도 모르게 긴장이 되어 두 주먹을 꽉 틀어쥐었다.

"드라이아이스야."

1번의 목소리가 바깥에서와는 달리 덜덜 떨리고 있었다. 한치 앞이 보이지 않는 물안개를 뚫고 나가자 불빛이 샛노란 색으로 변하더니 금은보화와 금괴가 가득한 커다란 보물 상자가 나타났다. 보물 상자 옆에는 인디아나 존스 같은 탐험복을 입고 둥근 모자를 쓴 백골이 온몸에 거미줄을 칭칭 감고 주저앉아 있었다. 백골의 머리 위로 꼬마 박쥐들이 퍼덕거리며 솟구쳤다. 전부 가짜니까 쫄 것 없다. 창피하게. 틀어쥔 주먹 안에 식은땀이 고이는 것을 느끼며 나는 스스로를 다그쳤다. 배가 움직이는 동안 끊임없이 음산한 음악과 함께 박쥐들이 찍찍거리는 소리가 실감나게 들려왔다.

"으아악!"

낮게 날아온 박쥐 한 마리가 1번의 머리 꼭대기를 스치고 지나갔다. 1번은 양팔을 크게 휘저으며 고래고래 고함을 질렀다. 13번이 배를 잡고 웃어 댔다.

"우리나라 놀이공원은 하나도 안 무섭고 시시하다며?"

"시, 시끄러워!"

갑자기 배가 덜컹 소리를 내며 물길 한가운데에 멈추었다. 깜짝 놀라 나도 모르게 자리에서 일어섰지만 갑자기 35번이 한 손으로 내 바짓가랑이를 꽉 잡아당기는 바람에 도로 주저앉았다. 알고 보니 35번은 나를 앉히려고 그런 게 아니라 무서워서 그런 거였다. 1번이 불안하게 좌우를 두리번거리며 소리쳤다.

"왜 이래? 고장 난 거 아냐? 이러다 여기 갇히는 거 아냐?"

35번이 찢어지는 비명을 질렀다.

"꺄악!"

보물 상자 옆에 주저앉아 있던 백골이 벌떡 일어났다. 내 심장도 그대로 멈추는 줄 알았다. 백골은 팔다리에 칭칭 감긴 거미줄을 휘날리며 우리가 탄 배를 향해 땅기슭으로 성큼성큼 걸어 내려왔다. 그는 허리에 찬 복대에서 종이를 한 장 꺼내더니 우리를 향해 말했다.

"신비의 보물섬의 미궁에 찾아온 너희들의 용기에 박수를 보내마. 나는 일찍이 오대양 육대주를 정복한 탐험가 실버 도킨스. 칠 년 동안의 모험 끝에 이곳에서 아서 왕의 보물 상자를 발견했지만 탈출구를 찾아내지 못해 이곳에서 굶어 죽고 말았지."

"푸핫!"

나도 모르게 헛웃음을 터트리고 말았다. 팽팽한 긴장 속에서도 또박또박 국어책 읽어 내려가는 듯한 백골의 어색한 말투가 너무 우스웠다. 내 웃음에 백골은 기분이 상한 듯 크게 헛기침을 한 번 하고는 계속 단조로운 어조로 종이를 읽어 내려갔다.

"어험! 이 보물섬에는 수천 년 묵은 괴물들이 외부인의 목숨을 노리고 있다. 지금부터 너희들에게 진정한 탐험가의 자질이 있는지를 시험할 것이다. 첫 번째 관문을 통과할 수 있는 건 너희들 중 단 세 사람뿐이다."

네 사람 중 한 사람은 이곳을 통과할 수 없다는 말에 우리는 잔뜩 긴장했다. 어떤 시험을 치르게 될지는 오직 백골만이 알고 있었다. 백골은 보물 상자 안에서 소총을 네 자루 꺼내 우리에게 건네주었다. 총은 플라스틱으로 만들어진 가짜 총이었지만 어둠 속에서 보면 제법 진짜처럼 보였다. 총구에는 자그마한 전구가 달려 있어 방아쇠를 당기면 새빨간 레이저 불빛이 번쩍였다. 손에 총을 쥐고 있는 것만으로 뒷덜미가 바짝 당기며 긴장이 되었다. 나는 긴장을 몰아내려고 괜히 13번에게 말을 걸었다.

"이건 무슨 총이냐?"

"M16 카빈 소총도 몰라? 국군이 제일 많이 쏘는 자동소총이잖아. 진짜 M16은 이거랑은 비교도 안 되게 멋있어."

내가 어떻게 아냐. 비비탄 총은 잘사는 집 애들이나 갖고 노는 비싼 물건이었다. 13번은 육군 소령 아들답게 능숙한 포즈로 총을 오른뺨에 붙이고 여기저기 겨냥을 해 보았다. 그러는 동안 백골은 계속 대사를 읊었다.

"보물 상자를 발견한 내 목숨을 앗아간 녀석들은 이 동굴 천장에 서식하는 흡혈 박쥐들이다. 내가 준 총으로 박쥐들을 처치한 자만이 이곳에서 무사히 빠져나갈 수 있다. 다만 너희들 중 제일 적은 수의 박쥐들을 죽인 사람은 나와 함께 이곳에서 영원히 보물 상자를 지켜야 할 것이다."

백골의 말이 끝나자마자 13번이 느닷없이 백골을 향해 총구를 들이대고 방아쇠를 당겼다. 총알 대신 붉고 가느다란 레이저 불빛이 백골의 가슴 한가운데에 명중했다. 기분이 상한 백골은 대사 읊는 것을 그만두고 신경질적으로 소리 질렀다.

"이 녀석아, 나를 쏘는 게 아니라 박쥐를 쏘라고, 박쥐를!"

13번은 의기양양하게 말했다.

"원래 적군의 두령을 제일 먼저 처치해야 사기가 흐트러지는 법이야."

"잡담 그만하고 내 말이나 들어! 저 위 천장에 붙어 있는 박쥐들 대가리 보면 붉은색 레이저 불빛 보이지? 거기에 맞춰서 쏘면 붉은색이 푸른색으로 변해. 너네들이 쏘아 맞춘 박쥐들의 숫자는 여기 벽에 붙은 전광판에 그대로 기록되니까 나중에 딴소리할 생각은 마라. 꼴찌는 바로 탈락이니까 그렇게 알고."

우리는 고개를 젖히고 천장을 바라보았다. 아까 1번을 덮쳤던 박쥐들은 동굴 천장에 거꾸로 매달린 채 꼼짝하지 않고 있었다. 박쥐들의 머리에는 백골의 말대로 꼬마전구만 한 붉은 전구가 매달려 빛을 발했다. 13번이 냉큼 박쥐의 머리를 겨냥하고 방아쇠를 당겼지만 아무 일도 일어나지 않았다.

"뭐야, 푸른색으로 안 변하는데?"

백골은 짜증 가득한 목소리로 말했다.

"지금 말고 내가 쏘라고 할 때부터 쏴."

"그게 언젠데요?"

대답 대신 백골은 보물 상자 뒤의 벽에 붙은 함석판을 들어 올리고 두꺼비집같이 생긴 기계의 레버를 아래로 잡아당겼다. 그러자 벽에 붙은 전광판 네 개에 빨간 불빛이 들어오더니 각각 숫자 0이 표시되었다. 우리 네 사람의 명중 점수를 표시하는 숫자들이었다. 그와 함께 동굴 천장에 붙은 박쥐들의 눈알 수백 개가 일시에 새빨간 빛을 발했다. 물론 진짜 눈알이 아니라 전구였지만 무시무시한 광경이었다. 박쥐들은 일제히 날갯짓하며 우리를 향해 덮쳐들었다.

"꺄아악!"

35번이 비명을 지르며 펄쩍 뛰었다. 그 서슬에 1번과 세게 부딪히며 배가 크게 흔들렸다. 1번은 총을 놓치며 배 바닥에 엎어졌다. 나는 의자 등받이를 한 손으로 붙들고 겨우 중심을 잡았다. 13번은 특수부대원처럼 폼을 잡고 맹렬하게 레이저를 쏘아 댔다. 전광판에는 13번의 점수가 점점 늘어나고 있었다. 저 녀석한테 지면 안 된다. 나도 열심히 방아쇠를 당겼지만 박쥐들이 사방팔방 제멋대로 날아다녀서 도저히 제대로 겨냥할 수 없었다.

"에라 모르겠다!"

나는 제대로 겨냥하기를 포기하고 람보처럼 마구잡이로 총을 쏘아 대기 시작했다. 그러자 오히려 겨냥을 하고 쏠 때보다 많은 숫자의 전구가 파란색으로 변하기 시작했다. 이거, 먹히는데? 나는 신이 나서 마구 총질했다. 내 전광판의 숫자가 빠르게 올라갔다. 그러자 13번은 갑자기 돌아서더니 나를 향해 총을 겨누었다.

"뭐, 뭐야?"

나를 겨눈 것이 가짜 총이라는 걸 뻔히 알면서도 반사적으로

몸이 굳었다. 코앞에 놓인 총구를 보자 갑자기 막내 삼촌 생각이
났다.

막내 삼촌은 내가 일곱 살이었을 적에 머리에 총을 맞고 죽었
다. 광주 할아버지 댁에 놀러 가면 나랑 제일 잘 놀아 주던 삼촌
이었다. 죽을 때에 삼촌은 공장에서 퇴근해 혼자 논두렁을 걸어
집으로 가고 있었다. 삼촌을 쏜 건 나라에서 내려보낸 군인들이
었다고 했다. 삼촌을 쏜 총도 M16이었을 것이다. 삼촌은 나처럼
눈에 띄게 키가 컸고 얼굴도 잘생겼다. 삼촌은 나처럼 머리가 나
빠서 대학에 못 가고 공장에서 일했다. 삼촌은 바보처럼 착했다.
우리 엄마 아빠처럼 투쟁도 하지 않았다. 그랬는데…….

가짜 M16으로 나를 겨냥하는 13번의 자세는 그림처럼 완벽
해서 꼭 진짜 군인 같았다. 삼촌도 그랬을까. 지금 나처럼 총을
겨누는 군인 앞에서 너무 놀라 머릿속이 텅 빈 채 움직이지 못했
을까? 총알이 머리를 뚫고 나가는 순간까지도.

"등신."

13번은 혀를 쏙 내밀고 웃더니 몸을 돌려 열심히 박쥐들에게
총을 쏘았다. 순간 정신이 돌아오며 아차 싶었다. 바보처럼 가짜
총구 앞에서 겁을 집어먹다니. 화가 치민 나는 신나게 총을 쏘아
대는 13번의 등을 어깨로 쿡 들이받았다. 13번이 대번에 눈을 부
라렸다.

"아! 왜 이래?"

"왜 이러긴. 네가 먼저 나한테 총질했잖아?"

"그럼 너도 나한테 총 쏘든가. 아까부터 왜 자꾸 주먹질이야, 깡패 자식아!"

"사람한테 대고 총질하는 놈이 뭐 잘났다고 깡패 운운이냐?"

내가 소리 지르자 13번은 총을 거꾸로 휘어잡더니 개머리판으로 내 어깨를 후려갈기며 소리쳤다.

"어차피 진짜 총도 아닌데 왜 지랄이야?"

나는 팔을 크게 휘저으며 뒤로 넘어졌지만 다행히 의자 위에 주저앉아 가까스로 물에 빠지는 것을 면했다.

"이 자식이!"

나는 벌떡 일어나 13번에게 달려들었다.

"으아악!"

맞은편 의자에 앉아 있던 1번이 맞붙어 싸우는 13번과 내 발에 채이며 찢어지는 비명을 질렀다. 배가 마구 흔들리며 사방에서 물이 튀었다.

"너희들 뭐 하는 짓이야? 혼나고 싶어?"

깜짝 놀란 백골이 소리를 지르며 만류했다. 그런데 뜬금없이 1번이 발작하며 외쳤다.

"나, 내려 줘! 내려 달라고!"

"너는 또 왜 그래?"

"경기고 뭐고 다 싫어! 나갈래! 어둡고 축축하고 무섭단 말이야!"

무섭다고? 어처구니가 없었다. 미국에서 온갖 무서운 놀이 기구는 다 타 보았다며 뻐기던 놈이 이제 와서 시시히디는 보물섬 대탐험을 무서워해? 완전히 겁에 질린 1번은 배를 붙들고 마구 흔들어 댔다. 뚱뚱한 1번이 발버둥을 치자 배가 진짜로 뒤집힐 것처럼 마구 흔들렸다. 급기야 1번은 저 혼자 배에서 내리려고 했다. 백골이 혼비백산해서 소리쳤다.

"어이! 야! 하지 마! 누구 맘대로 내려? 그러다 다쳐!"

그러거나 말거나 1번은 제멋대로 배에서 물로 뛰어내렸다. 1번은 허리께까지 오는 물을 헤치고 백골이 서 있는 기슭을 향해 필사적으로 나아갔다. 혼비백산해서 커다란 엉덩이를 실룩거리는 1번의 뒷모습은 맹수에게 쫓기는 아기 하마 같았다. 백골은 1번의 허리띠를 온 힘을 다해 붙잡아 땅 위로 끌어 올리고는 더 이상 1번이 돌출 행동을 못 하도록 감시하면서 남은 우리 셋이 박쥐를 전부 사냥할 때까지 기다렸다. 시커먼 분장 때문에 백골의 표정은 자세히 보이지 않았지만 보나마나 화가 머리끝까지 나 있을 게 뻔했다.

마침내 모든 빨간 전구가 파란색으로 바뀌며 박쥐 사냥은 막을 내렸다. 전광판에 최종 점수가 떠올랐다. 13번은 49점으로 1등, 2등인 나는 31점, 3등이 가까스로 9점을 딴 35번이었고 꼴등은 단 한 마리도 잡지 못한 채 땅 위로 도망친 1번이었다. 백골은 계속 한 손으로 1번의 허리띠를 붙든 채 나머지 한 손으로 종 잇조각을 꺼내어 야근을 마치고 집에 돌아온 우리 엄마처럼 지친 얼굴로 대강대강 대사를 읊어 내려갔다.

"첫 번째 관문을 통과한 너희들이 자랑스럽구나. 너희들이라면 앞으로 남은 여정도 무사히 치러 낼 수 있을 것이다."

"만세!"

13번은 총을 머리 위로 치켜 올리며 만세를 불렀다. 나는 맥이 빠져 총을 내던져 버렸다.

"그리고 앞서 내가 말한 대로 낙오자 한 명은 나와 함께 영원히 아서 왕의 보물 상자를 지킬 것이다. 너의 토실토실한 몸뚱아리도 머지않아 나처럼 백골이 진토 되겠지."

"젠장, 됐으니까 빨리 나가게나 해 줘요!"

허리 아래만 푹 젖은 1번이 백골에게 붙들린 채로 우리 세 명이 탄 배를 향해 삿대질을 하며 소리 질렀다.

"너네들이 싸움질을 해서 내가 떨어졌잖아! 깡패 자식들!"

"웃기시네. 제 발로 배에서 내려 놓고 왜 남 탓이야?"

13번이 총을 휘두르며 이죽거렸다. 백골도 맞장구를 쳤다.

"너는 나가서 혼이 좀 나야겠다. 네 멋대로 굴다가 진짜 사고라도 나면 어쩔 거냐?"

"사고 나면 관리를 제대로 못 한 직원들 책임이지, 왜 내 책임이에요? 손님은 왕이라는 말도 몰라요? 그리고 저는 생명 보험

들어 놔서 사고 나도 괜찮거든요?"

1번의 말대꾸에 백골은 기가 차서 할 말을 잃었다. 1번은 분해 죽겠다는 듯 입을 한껏 내밀고 투덜거렸다.

"이런 거지 같은 놀이공원, 두 번 다시 찾아오나 보라지. 순 병신 같은 경기나 시키고 말이야. 우리 아버지한테 죄다 말해서 대통령한테 신고하라고 할 거야."

"웃기시네. 방금 전까지 무섭다고 발광하던 게 주둥이만 살아 가지고는."

내가 으르대자 1번은 입을 꾹 다물고 통통한 어깨만 씰룩거렸다. 어쨌거나 미국과 일본의 놀이공원을 누비고 온 1번이 이만큼 무서워하는 이 '보물섬 대탐험' 이야말로 세계에서 최고로 무서운 놀이 시설임이 분명했다. 청룡 열차와 고공 자유 낙하를 젖히고 최종 결승전의 무대로 정해질 만도 했다.

백골은 씩씩대는 1번을 질질 끌고 동굴 벽 한구석에 있는 직원용 문으로 퇴장했다. 배는 다시 움직이기 시작했다. 13번은 콧방귀를 뀌었다.

"저 돼지 녀석은 제대로 총을 쐈어도 꼴등이었을 거야."

말이야 맞는 말이지만 그렇다고 내가 맞장구를 쳐 줄쏘냐. 당장이라도 13번의 등짝을 확 발로 차서 물속에 머리부터 처박아 버리고 싶은 걸 참느라 힘들었다. 35번은 달팽이처럼 몸을 둥글게 말고 우울한 목소리로 중얼거렸다.

“머리 아파.”

“왜 그래?”

“점점 기분이 나빠져. 빨리 해치우고 상이나 탔으면 좋겠어.”

나도 그랬다. 더 이상 눈곱만큼도 재밌지도 흥겹지도 않았다. 이제 세 명만 남았다. 서른다섯 명이 순식간에 세 명으로 줄어든 것이다. 그러고 보니 13번과 떨어진 1번, 그리고 35번의 이름을 한 번도 들어 본 적이 없다. 경기를 하는 반나절 내내 우리는 철저히 목에 걸린 번호로만 불렸던 것이다. 그렇게 부대끼면서 한 번도 서로의 이름을 궁금해하지 않았다는 게 우스웠다.

배는 앉은 채로 머리 꼭대기가 천장에 닿을락 말락 하는 좁은 동굴을 통과해 크게 커브를 돌아 널찍한 새 길로 들어섰다. 금속 파편들이 서로 부딪히며 내는 소리가 흘러나오며 음산했던 음악이 맑고 고요한 곡조로 바뀌었다. 어두컴컴한 시야가 푸르스름한 빛으로 밝아지며 두 번째 동굴이 나타났다.

두 번째 동굴은 박쥐 동굴보다 세 배는 넓었다. 물길의 오른쪽에는 커다란 컨테이너 상자 같은 집이 서 있었는데, 푸르스름한 빛은 그 상자 모양 집의 귀퉁이에서 새어 나오고 있었다. 집 옆의 야트막한 언덕 위에는 동화『재크와 콩나무』를 떠올리게 하는 커다란 나무가 굵은 덩굴 줄기를 몸통에 감고 서 있었다. 나무뿌리 주변에도 쟁반만 한 꽃들이 가득했다. 꽃송이들은 은은한 음악 소리에 맞추어 천천히 꽃잎을 벌렸다가 닫기를 반복했다.

이번에도 배가 중간쯤 가다가 물길 기슭에 멈추어 섰다. 나무 옆의 꽃밭에서 머리에 꽃을 얹은 여자가 나타났다. 자기 머리통보다 더 큰 인조 꽃송이를 머리에 뒤집어쓴 몰골은 농담으로라도 예쁘다고는 할 수 없었다.

"이쪽으로 올라오세요, 여러분."

우리는 꽃송이 여자가 시키는 대로 배에서 내려 꽃밭 위로 올라갔다. 얼빠진 표정으로 바라보는 우리를 향해 꽃송이 여자가 말했다.

"인간의 몸으로 이곳까지 찾아오느라 수고했어요. 나는 천 년 동안 이 보물섬을 지탱해 온 생명의 나무를 지켜 온 꽃의 요정이랍니다."

갓난아기 어르는 듯한 코맹맹이 소리에 닭살이 일었다. 교과서 읽는 것 같았던 백골에 비하면 그나마 나은 연기력이었지만. 우리가 웃건 말건 꽃송이 여자는 꿋꿋이 자기 몫의 대사를 읊어 나갔다.

"여러분을 모두 보내 드리고 싶은 마음 간절하지만, 안타깝게도 마녀의 미로를 무사히 빠져나간 사람만이 이곳을 통과할 수 있습니다."

꽃송이 여자는 맞은편에 있는 집을 가리켰다.

"저곳이 마녀의 미로랍니다. 여러분은 이제 한 명씩 차례대로 미로에 들어가야 합니다. 미안하지만 여러분 세 사람 중에서 미로를 꼴찌로 탈출하는 한 사람은 다음 동굴로 갈 수 없습니다. 여러분이 얼마나 빠르게 미로를 빠져나오는지 내가 밖에서 정확한 시간을 재고 있을 거예요."

꽃송이 여자는 바지춤에서 스포츠용 시계와 볼펜이 꽂힌 수첩을 꺼내 들었다. 우리 세 사람의 시간 기록을 적어 둘 모양이었다. 번호 순서대로 13번이 제일 먼저 미로로 들어갔다. 35번과 나는 꽃송이 여자 옆에 서서 초조하게 13번을 기다렸다. 35번이 나에게 말을 걸었다.

"얘. 너는 길 잘 찾아?"

"모르겠다. 감도 안 잡혀."

"난 길치란 말야, 어쩜 좋아."

제법 오랜 시간이 흘렀지만 13번은 좀처럼 미로에서 나오지 않았다. 꽃송이 여자는 하품을 하며 시계와 출구를 번갈아 쳐다보았다. 13번이 빨리 나오지 못하는 것을 보니 미로는 엄청 복잡하게 만들어진 모양이었다. 한참 만에 13번이 출구 문을 열고 나왔다. 얼굴에서 얌체 기운이 쏙 빠지고 하얗게 굳어진 채였다. 13번이 미로에서 나오기가 무섭게 꽃송이 여자가 시간 기록을 알려 주었다.

"13번, 사 분 오십오 초."

13번은 초조하게 꽃송이 여자에게 물었다.

"빨리 나온 거예요?"

"그야 아직 너 혼자만 했으니까 모르지."

다음은 내 순서였다. 13번은 엄지손톱을 앞니로 잘근잘근 씹으며 미로 안으로 들어가는 나를 노려보았다. 뭘 봐, 이 자식아. 나는 13번에게 보란 듯이 주먹을 들어 보이고 사람 한 명만 겨우 드나들 수 있게 만들어진 좁은 문을 열어젖혔다.

"으악, 눈부셔!"

미로에 들어서자마자 하얀 빛이 눈알을 찔렀다. 미로 안은 온통 거울로 꾸며져 있었다. 벽과 바닥, 천장까지 빈틈없이 거울로 만들어졌고 구석에는 백열등이 놓여 있었다. 동굴 안을 밝히는 푸르스름한 빛은 백열등이 거울에 반사되어서 생겨난 것이었다. 오른쪽 왼쪽 아래 위 어느 곳을 쳐다보아도 내 모습이 구석구석 들여다보여서 동서남북 방향은커녕 내가 서 있는 곳이 어디인지조차 알 수 없었다. 이 모양이니 길을 찾는 데 오래 걸릴 수밖에. 사 분 오십오 초 만에 나온 13번이 아주 빨리 길을 찾아 나온 건지도 모를 일이었다.

"이럴 때가 아니야. 이백만 원 타야지. 이백만 원……."

나는 잠시 넋 나간 사람처럼 거울에 비친 내 모습들을 바라보다가 정신을 차리고 길을 찾아 걷기 시작했다. 두 개의 갈림길이 나타나 한쪽을 선택해 들어가면 세 개의 갈림길이 나타났다. 어느 길로 들어가도 거울에 내 모습이 비쳐 보일 뿐이라 방향을 가늠하기가 하늘의 별 따기였다. 그저 내가 가는 길이 맞기만을 빌면서 되는 대로 걸어갈 수밖에 없었다.

내가 헤매는 동안에도 시간은 용서 없이 흘러갔다. 시계가 없어서 내가 미로에 들어온 지 몇 분이나 흘렀는지도 알 수 없었다. 어딜 가도 거울뿐이니 내가 바른 길을 찾아 나아가고 있는지, 아니면 제자리에서 빙빙 맴돌고 있는지도 알 수 없었다. 사방팔방에 비친 내 모습이 점점 낯설게 변해 갔다. 내 얼굴이, 내 몸이 이렇게 생겼나? 하루 중에 내가 거울을 들여다보는 시간이란 학교 화장실에서 스쳐 가며 보는 몇십 초 정도가 전부였다. 내가 평생 동안 거울 본 시간을 전부 합친 것보다도 많은 시간을 이 거울 미로 안에서 보내는 것만 같았다.

13번보다 늦게 나가면 안 된다. 죽어도 그 비겁한 놈에게만은 지지 않을 테다. 내 발걸음이 점점 빨라졌다. 몇 번째인지 모를 갈림길에서 반사적으로 오른쪽을 선택하고 뛰어 들어갔다. 순간 등 뒤에서 누군가 바짝 쫓아오는 것 같았다. 소스라치며 뒤를 돌아보자 얼굴이 허옇게 질린 녀석이 잔뜩 겁먹은 눈으로 나를 쳐다보고 서 있었다. 그 한심한 녀석이 나라는 것을 알면서도 숨이 넘어갈 만큼 놀랐다. 손바닥으로 뒷덜미를 훔치자 식은땀이 잔뜩 배어 나왔다. 나는 재빨리 다음 길목으로 도망쳤다. 그곳에서도 내가 나를 기다리고 있었다. 아니, 내가 아니라 나를 빼어 닮은 거울 괴물이었다. 바보처럼 창백해진 얼굴로 눈알을 이리저리 굴리며 똑바로 서 있지도 못하는 녀석이.

정신 차리자. 나는 손바닥으로 양 뺨을 찰싹찰싹 때리면서 정신을 집중했다. 문득 우리 동네가 떠올랐다. 지독하게 좁고 어지러운 벌집 골목길. 비 오는 날 한 사람이 우산을 펼치고 걸어가기도 힘든 골목길. 그 골목길에서 내 친구들과 나는 눈을 감고도 제 집을 찾아갈 수 있었다. 골목길 토박이인 내가 고작 컨테이너 상자만 한 미로에서 길을 잃고 더위 먹은 똥개처럼 식은땀을 질질 흘리는 모습을 동네 친구들이 본다면 배를 잡고 웃겠지.

겁에 질린 내 모습이 꼴사나웠다. 보기 싫은데도 자꾸만 쳐다보게 되는 것은 어째서일까. 보면 볼수록 거울에 비친 녀석은 점점 더 초라하고 나약한 모습으로 변해 갈 뿐이었다. 작작하자, 최승협. 꼴보기 싫으면 눈을 감아 버리면 된다. 너희들은 내가 아니야. 나는 눈을 감은 채 두 손으로 거울 벽을 더듬으며 앞으로 나아갔다. 눈을 감자 다른 기관들이 조금씩 예민해지기 시작했다.

"지금 몇 분 몇 초예요?"

오른쪽 벽 너머에서 13번의 목소리가 조그맣게 들렸다.

"삼 분 사십오 초 막 지났어."

이번에는 꽃송이 여자의 목소리가 들렸다. 나는 눈을 절반만 뜨고 최대한 귀에 신경을 집중하며 목소리가 들려오는 방향으로 걸어갔다. 괜히 거울에 비친 내 모습에 홀리지 말고 귀에 의지하는 편이 길을 빨리 찾아내는 방법이었다. 골목길에서 동생과 숨바꼭질을 할 때처럼. 술래를 맡은 나는 숨소리만 듣고도 동생을 찾아냈다. 동생의 쌕쌕거리는 숨소리만 따라가면 백발백중 남의 집 문간 뒤에 쪼그리고 숨은 동생을 잡아낼 수 있었다. 내가 갇힌 미로 상자의 크기는 고작해야 사방 몇 미터밖에 되지 않았다. 수백 개가 넘는 집들이 다닥다닥 붙어 있는 우리 동네 골목에 비하면 아무것도 아니다.

"안이 엄청 복잡한가 보다. 너 들어갔을 때 어땠어?"

35번의 긴장한 목소리가 들리는 것과 동시에 몇 번째인지 모를 갈림길이 나타났고 나는 다시 눈을 감았다. 왼쪽 길로 들어가자 목소리가 점점 크게 들렸다.

"내가 바보냐? 그걸 너한테 알려 주게?"

13번의 얌체 같은 목소리가 바로 옆에서 말하는 것처럼 크게 들리는 걸 보니 길을 제대로 찾아든 모양이었다. 나는 자신을 갖고 빠르게 걸어갔다. 드디어 눈앞에 거울이 없는 민벽이 나타났다. 나는 반사적으로 몸을 던져 어깨로 벽을 들이받았다. 그러자 벽이 확 열리며 몸이 밖으로 튕겨 나갔다. 벽이 아니라 출구 문이었던 것이다. 내가 문 밖으로 튀어나옴과 동시에 꽃송이 여자가 스포츠 시계를 꾹 누르며 외쳤다.

"사 분 사십일 초!"

"젠장!"

동시에 13번이 오만상을 찌푸리며 부르짖었다. 35번은 기쁜지 불안한지 알 수 없는 얼굴로 나를 쳐다보았다. 13번을 이겼다. 마지막의 마지막, 1등을 가리는 최후의 관문으로 나갈 수 있다! 죽도록 긴장했던 몸에서 힘이 쭉 빠지며 나는 바닥에 털썩 주저앉아 버렸다. 35번이 걱정스러운 표정으로 다가와 물었다.

"괜찮아?"

"어. 저 미로 속이 엄청 어지러워. 안이 죄다 거울이야."

"진짜? 어휴, 나는 이제 죽었다."

"넌 뜀박질 잘 하니까 금방 나올 거야."

나는 겁에 질린 35번을 응원해 주었다. 비겁한 13번보다는 35번이랑 1, 2등을 나누고 싶었다. 마지막으로 35번이 미로에 들어가자마자 13번이 나에게로 다가왔다.

"야. 다음 경기는 너랑 내가 나가겠구나."

방금 배 위에서 치고받았던 녀석이 갑자기 웬 친한 척? 때마다 변하는 상황에 맞추어 태도를 바꾸는 13번의 배 속은 온통 연탄처럼 시커멓게 물들어 있을 게 분명했다. 간신배 같은 놈.

"그건 35번이 나온 다음에 봐야 알 일이지."

내가 차갑게 쏘아붙이자 13번은 확신에 찬 어조로 말했다.

"35번은 분명히 떨어져. 왜냐하면 흑인은 머리가 나쁘거든. 그래서 육상이나 농구 같은 운동경기에 흑인 선수들이 많은 거야. 흑인들은 머리가 나쁜 대신 침팬지처럼 신체 능력이 발달했거든. 35번이 예선전에서 이긴 경기도 달리기였잖아. 미로 찾기는 머리를 많이 써야 하니까 35번은 못 이겨."

"뭔 개 풀 뜯어 먹는 소리야? 35번 쟤 머리가 좋은지 나쁜지 네가 어떻게 알아?"

"뭐야. 너 역시 쟤 좋아하는구나? 보니까 밖에서부터 둘이 딱 붙어 다니던데. 너도 튀기야? 일본놈 튀기? 튀기끼리 붙어먹냐?"

이 자식은 진짜 매를 벌고 싶어 환장을 했나. 뭘 믿고 저렇게 겁대가리가 없어? 육군 소령 아버지 빽이 빵빵해서 그런가? 그래 봤자 내 앞에선 안 통한다. 나는 눈 하나 깜짝 안 하고 이죽거렸다.

"너 같은 사기꾼보다야 튀기가 낫지."

그러자 13번이 대번에 인상을 구겼다.

"이 빨갱이 자식이. 누구한테 사기꾼이래?"

순간 눈앞에 불똥이 튀었다.

"뭐? 너 지금 말 다 했냐?"

"난 육군 소령 아들이거든?"

"도대체 무슨 소릴 지껄이는 거야?"

"대한민국 자주 국방을 책임지는 육군 소령 아들한테 사기꾼이라고 하는 너야말로 빨갱이고, 간첩이라 이거지."

"사기꾼한테 사기꾼이라고 하는데 왜 빨갱이냐?"

"시끄러워. 아무튼 나한테 사기꾼이라고 하는 네가 빨갱이야!"

13번은 내 얼굴에 대고 마구 삿대질을 했다. 나는 화가 나서 정신이 나갈 지경이었다. 첫판부터 밥 먹듯이 반칙해서 올라온 사기꾼 주제에 감히 나한테 빨갱이라고 지껄여?

빨갱이. 우리 엄마 아빠가 밥 먹듯이 듣고 사는 소리였다. 투쟁하다가 공장에서 쫓겨나 이삿짐을 싸는 등 뒤에서 어김없이 들려오던 소리였다. 동생이나 나도 동네 친구한테 수틀리면 빨갱이 소리를 듣고는 했다. 학교 선생한테 들은 적도 있었다. 어쨌거나 내 면전에서 그 소릴 지껄인 녀석은 누가 되었건 간에 죽도록 두드려 맞을 각오를 해야만 했다. 그러나 나한테 빨갱이라고 욕한 친구를 두들겨 패면 그 녀석 부모에게 빨갱이 자식 소리를 들었다. 그러면 아빠는 나보다 더 화를 내며 펄펄 뛰었다.

빨갱이가 정확히 무얼 뜻하는지는 모른다. 어쨌거나 그건 나에게 있어 세상에서 제일 개 같은 욕이었다. 그 욕은 개자식이나 미친놈 같은 욕하고는 달랐다. 나 보고 빨갱이라고 욕하는 녀석들은 나만 빼놓고 세상 모든 사람들이 그 욕의 뜻을 다 알고 있는 것처럼 굴었다. 그럴 때마다 나는 나를 참을 수 없었다. 나를 욕하는 녀석들도 사실은 빨갱이가 뭔지 모른다는 걸 나는 알고 있었으니까.

나는 삿대질하는 13번의 손목을 콱 틀어쥐었다.

"너네 아빠가 장교면 장교지 네가 장교냐?"

"아야! 아파! 이거 놔, 빨갱이 깡패 자식아!"

13번은 엄살 섞인 비명을 질러 댔다. 망설임 없이 13번의 면상에 주먹을 날리려는데, 저만치에서 시계에 열중하던 꽃송이 여자가 이쪽을 흘끔 쳐다보았다. 그러자 갑자기 내 머릿속에서 하느님인지 부처님인지의 목소리가 울렸다. "이백만 원!" 젠장. 우승할 때까지만 참자. 나는 13번의 손목을 놔 버렸다. 13번은 손목을 붙들고 메뚜기처럼 펄쩍 뛰어 떨어져 나가더니 꽃송이 여자에게 슬금슬금 다가가 물었다.

"지금 몇 분 몇 초예요?"

"몰라. 넌 아까부터 왜 자꾸 남의 시간 기록을 물어보고 그러니?"

꽃송이 여자가 면박을 주었지만 13번은 꿋꿋이 들러붙어서 시계를 훔쳐보았다. 35번은 여전히 미로에서 나올 기미를 보이지 않았다. 나는 조바심이 났다. 빨리 나와, 35번. 올림픽 육상 선수처럼 튼튼한 다리로 달려 나와서 저 사기꾼 녀석의 코를 납작하게 만들라고!

별안간 출구가 벌컥 열리며 35번이 뛰어 나왔다. 꽃송이 여자가 외쳤다.

"삼 분 오십 초! 1등!"

35번은 활짝 웃었다. 다행이다. 내가 1등을 한 것마냥 기분이 좋았다. 13번은 오만상을 찌푸리며 소리쳤다.

"뭐? 그럼 내가 꼴등이란 말이야?"

"13번이 사 분 오십오 초, 33번이 사 분 사십일 초, 마지막 35번이 삼 분 오십 초니까 네가 꼴등 맞네."

"다시 하면 안 돼요?"

"다시 하는 게 어디 있어? 13번, 너는 탈락이니까 나 따라와.
너희 둘은 마지막 경기 해야 하니까 배에 도로 타고."

"아, 한 번만 다시 하자니까요? 다시 하면 1등 할 자신 있다
고요."

"얘는 왜 이렇게 끈질기니?"

13번이 말을 들어 먹지 않자 꽃송이 여자는 아예 13번의 손을
붙들고 벽에 붙은 직원 통로로 끌고 갔다. 끌려 가면서도 13번은
계속 어거지를 썼다.

"군인 아들이라는 녀석이 왜 이렇게 방정맞아?"

"1등 못 하면 베란다에서 하루 종일 원산폭격 해야 한단 말이
에요!"

"이게 무슨 학교 시험도 아니고 왜 그렇게 혼이 나?"

"아줌마가 우리 아버지를 몰라서 그래요!"

"뭐? 아줌마? 요게 어디서 배워 먹은 말버릇이야?"

13번의 머리를 주먹으로 쥐어박는 꽃송이 여자의 뒷모습을
마지막으로 직원 통로의 문이 닫혔다. 35번과 나는 13번의 뒷모
습을 멀거니 쳐다보다가 배로 돌아갔다.

배는 마지막 동굴을 향해 천천히 나아갔다. 가는 내내 우리 둘
은 말이 없었다. 정확히는 무슨 말을 해야 할지 몰랐다. 한참 만

에 35번이 먼저 말문을 열었다.

"이제 너랑 나만 남았구나."

"그러게."

"둘이 같이 1등 할 수는 없겠지?"

"아마 그렇겠지."

내 맞은편에 앉은 35번은 턱 아래로 두 무릎을 바짝 끌어당기고 커다란 눈으로 나를 빤히 쳐다보았다. 때 묻은 운동화를 신은 길고 가느다란 발목 사이로 원피스 자락에 가려진 어둑어둑한 틈새가 흘낏 보였다. 나는 자꾸 그 어두운 틈새가 신경 쓰여서 35번을 제대로 쳐다볼 수 없었다.

"여기 직원들은 이 경기가 엄청 재미있나 봐."

나는 35번에게서 어정쩡하게 고개를 돌리고 대충 대답했다.

"어."

"무슨 광대처럼 분장을 하고, 연기하는 것처럼 말하고, 기자 불러다가 사진도 찍잖아. 우리보다 그 사람들이 훨씬 재미있어 하는 게 웃기지 않아? 정작 여기는 우리 같은 애들이 노는 놀이공원인데 말이야."

"그러게."

"그런데 너 왜 이렇게 무뚝뚝해? 아까부터 건성으로만 대답하고."

35번이 섭섭한 투로 말했다. 나는 한층 더 35번과 눈을 마주

볼 수 없었다. 내가 우물쭈물하자 35번이 화를 냈다.

"뭐야, 너도 내가 흑인 피 섞였다고 무시하는 거야?"

이런 어처구니없는 계집애를 봤나. 네가 거울 미로 시험 치는 동안 나는 밖에서 네 편 들어 주다가 13번 녀석한테 빨갱이 소리까지 들었단 말이다. 그렇게 변명을 하고 싶었는데 웬걸, 갑자기 코끼리 본드를 칠한 것마냥 두 입술이 딱 붙어서 옴싹달싹 못하는 게 아닌가. 왜 이러는지 모르겠다. 자꾸만 35번 다리 사이의 어둑어둑한 틈새만 생각난다. 또 거기 쳐다보면 아마도 귀싸대기를 맞겠지? 내가 대답 없이 시선을 피하자 35번은 잔뜩 화난 눈으로 나를 째려보더니 입을 다물어 버렸다.

어색한 침묵 속에 배가 마지막 세 번째 동굴로 들어갔다. 세 번째 동굴은 지나 온 동굴 두 개를 합친 것보다 더 넓고 화려했다. 온 벽이 눈부신 황금으로 도배되어 있었다. 자세히 보면 진짜 황금이 아니라 황금색 페인트였지만 어둠에 익숙해진 눈을 부시게 하기에는 충분했다.

"이번에는 뭘 시킬까?"

"뭐건 간에 후딱 끝났으면 좋겠다."

세 번째 동굴의 풍경은 한층 더 기상천외했다. 땅 위에는 두 발로 일어선 곰과 머리가 세 개 달린 용이 서 있었다. 용은 세 개의 머리를 아래위로 움직이며 코와 입에서 수증기를 힘차게 뿜어냈다. 하지만 이제는 그런 것들이 전혀 무섭지도 신기하지도 않았다. 무섭거나 신기하다는 감정을 느끼는 것도 마음에 여유가 있어야 하는 거였다. 자욱한 수증기 뒤편에서 어디서 많이 들어 본 목소리가 우리를 반겼다.

"우리 용감한 친구들! 그동안 수고 많았습니다! 마지막 최종 결선에 오른 것을 축하합니다!"

물길 기슭에 노란 양복이 황금색 망토와 끝이 뾰족한 황금색 모자를 걸치고 양 볼에는 시뻘건 분칠을 하고서 두 팔을 활짝 벌린 채 서 있었다. 눈 뜨고 못 봐줄 몰골이었다. 뭐하러 저런 해괴망측한 연극을 하느라 애쓰는지. 정작 우리는 경기에서 이기는 것만 생각하느라 바쁜데.

기슭에 뱃머리가 닿았다. 우리가 배에서 내리려 하자 노란 양복이 고개를 저으며 저지했다. 노란 양복은 물에 젖지 않도록 두 손으로 망토 자락을 치켜들고 우리가 탄 배 위에 냉큼 올라탔다. 세 번째 시험은 배 위에서 진행할 모양이었다.

이제는 노란 양복이 아니라 황금 망토 아저씨라 불러야 할 노란 양복은 우리 맞은편에 털썩 주저앉더니 임금님 옷자락처럼 널찍한 소맷자락 안에 손을 쑥 집어넣어 수첩을 꺼내고는 변함없이 약장수를 떠올리게 하는 청산유수로 설명을 시작했다.

"이제, 최종 우승자를 가리기 위한 질문 세 개를 준비해 놓았습니다. 말하자면 퀴즈 대회지요. 정답을 많이 맞힌 사람이 최종 우승자입니다. 만일 질문 세 개 안에서 승부가 나지 않는다면?

질문 두 개를 추가로 준비해 놓았으니 걱정을 마세요. 질문은 일반 상식과 난센스로 구성되어 있습니다. 그리고 시간 제한은 각 질문당 십 초입니다. 지기 싫으면 꾸물대지 말고 재빠르게 정답을 맞혀야겠죠?"

35번과 나는 입을 모아 절망에 찬 비명을 질렀다.

"뭐? 퀴즈 대회라고요?"

35번은 퀴즈 대회라는 말이 떨어지자마자 온 세상이 끝장난 듯한 표정을 지었다. 밖에서부터 제 머리가 돌이라고 푸념하더니만……. 너만 괴롭냐. 나도 괴롭다. 1차 예선전부터 여기까지 죽어라 올라왔는데 하필이면 마지막 경기가 머리 써야 하는 퀴즈라니. 이럴 거면 처음부터 퀴즈 대회를 시키든가! 노란 양복을 원망해 봤자 도리가 없었다. 노란 양복은 꾸물대지 않고 곧바로 첫 번째 문제를 던졌다.

"첫 번째 문제입니다. 한국 최초로 폭탄을 발명한 사람은……."

이건 안다! 《보물왕국》 지지난 호에 실렸던 만화에서 본 기억이 난다. 나는 노란 양복이 미처 말을 맺기도 전에 손을 번쩍 들었다.

"최무선!"

"네에, 고려 시대의 과학자 최무선이지요. 문제를 끝까지 들어요."

젠장. 시작하자마자 정답을 맞히나 싶었는데. 다 큰 어른이 되어 가지고는 중학생 상대로 그 따위 말장난이나 하고 싶냐?

"그 최무선이 만든 한국 최초 폭탄의 이름은 무엇일까요? 하늘을 향해 발사하는 로케트형으로 만들어진 이 폭탄의 이름은 '달리는 불'이라는 속뜻을 갖고 있습니다."

하늘을 달리는 폭탄이라. 로케트처럼 빠르게 하늘을 가르며 날아가지만 결코 터지지 않는 폭죽은 알고 있다. 지겨울 만큼 아주 잘.

나는 어릴 적부터 엄마 아빠를 쫓아다니며 터지지 않는 폭죽이 내는 소리를 수도 없이 들었다. 쉬이익 하고 로케트처럼 바람을 가르며 날아와 폭음을 내며 굴러다니는 그 폭죽은 붉은 불꽃 대신 하얀 연기만을 일으켰다. 등신 같은 공장장이 만든 불량 폭죽들. 나는 아빠에게 왜 자꾸만 불량 폭죽을 터트리냐고 물어보았다. 아빠는 그건 불량품이 아니라고 대답했다. 그것은 불꽃을 일으키며 터지지 않아야지만 임무를 수행할 수 있는 이상한 폭죽이었다. 그 폭죽에서 나는 하얀 연기를 들이마시면 미친 듯이 눈과 목이 따가워지면서 눈물이 철철 흐르고 당장 죽는 게 아닌가 싶도록 숨이 막혔는데, 충분히 멀리 떨어진 곳에서도 그 맵고 따가운 냄새를 느낄 수 있었다.

터지지 않는 폭죽은 진짜 전쟁에 쓰이는 수류탄이나 지뢰처럼 땅에 커다란 구덩이를 뚫거나 탱크를 뒤집지는 못했다. 그러나

가끔씩 사람의 몸에 맞아 하나뿐인 목숨을 끊어 놓았다. 터지지 않는 폭죽에 맞고 죽은 학생들의 이야기를 들은 나는 더 이상 그것을 폭죽이라고 생각할 수 없게 되었다. 이 세상에 사람의 목숨을 해치는 폭죽은 없다. 그 어떤 나라의 어떤 축제에서도 사람을 죽이기 위해 폭죽을 만들지 않는다. 그 어떤 나라의 사람들도 축제에서는 서로 어울려 춤추고 노래하고 먹으며 행복하기만 할 뿐이다.

올림픽이 열렸을 때, 나는 친구들과 함께 학교 옥상에 올라가서 난생처음으로 불꽃놀이를 구경했다. 불꽃놀이는 일주일 내내 꿈속에 나올 만큼 멋있었다. 진짜 폭죽이 터지면 그런 멋진 그림을 그려 낸다는 것을 그제야 알았다. 춤추고 노래하던 사람들이 갓난애처럼 눈물과 콧물을 줄줄 흘리며, 밀려드는 홍수를 마주한 쥐 떼처럼 필사적으로 도망치게 만드는 끔찍한 폭죽은, 폭죽이 아니었다. 폭탄이었다.

나는 엄마 아빠로부터 수도 없이 많이 들어 온 그 폭탄의 이름을 중얼거렸다.

"지랄탄……."

"뭐라고? 너 방금 뭐라고 했냐?"

노란 양복은 아무리 애를 써도 손가락이 닿지 않는 등짝 한가운데에 커다란 종기가 돋아난 사람 같은 표정으로 나를 쳐다보았다. 나는 화들짝 놀라 고개를 저었다.

"아, 아무것도 아니에요. 잘못 말했어요."

노란 양복은 여전히 종기 않는 사람 표정으로 입맛을 쩝쩝 다시며 나에게서 고개를 돌리고 커다란 손목시계를 쳐다보며 초를 세었다.

"…… 팔, 구, 십 초! 제한 시간 십 초 동안 두 사람 다 정답을 말하지 못한 관계로, 특별히 선택지를 주겠습니다. 1번 주화. 2번 신기전기화차."

이제는 '찍기'를 하는 수밖에 없었다. 35번이 먼저 손을 들고 대답했다.

"저는 1번이요."

노란 양복이 나에게 눈치를 주었다. 나는 어쩔 수 없이 남은 2번을 골랐다. 제발 35번이 택한 1번이 틀린 답이기만을 비는 수밖에 없었다.

"정답은 1번, 주화입니다! 신기전기화차는 최무선이 죽은 다음에 세종대왕이 주화를 연구해서 개발한 무기 이름이랍니다. 자, 첫 번째 질문은 우리 35번이 정답을 맞혔습니다."

여기는 구경하는 사람 하나 없는데 노란 양복은 35번의 손을 번쩍 들어 올리며 흥겹게 외쳤다. 쏟아지는 박수와 환호성 대신 음산하게 번지는 물안개와 느린 음악 소리가 조용한 동굴을 메웠다. 정답을 맞힌 35번도 별로 기뻐하는 기색이 없자 노란 양복은 열없는 표정으로 35번의 손을 놓고 두 번째 문제로 넘어갔다.

“두 번째 문제! 이번 문제는 현대 사회 상식에 관한 질문입니다. 현재 우리나라에는 매년 수만 명에 이르는 선천성 심장병 어린이 환자들이 태어나고 있습니다.”

심장병? 귀가 번쩍 뜨였다. 노란 양복은 문제를 빠르게 읽어 내렸다.

“1982년 당시 대통령 영부인 이순자 여사의 발의로 12억 원 규모로 설립하였으며, 현재까지 매년마다 수많은 선천성 심장병 환자 어린이들의 생명을 살리고 있는 이 사회 복지 단체의 이름은 무엇일까요?”

문제를 듣자마자 심장이 세차게 뛰었다. 이거야말로 나를 위한 문제다. 우리 집에 바로 그 선천성 심장병 환자가 있고, 우리 엄마가 매일 편지를 써서 보내는 곳이 바로 그 심장 재단이니까. 일 초라도 지체할 수 없다. 나는 재빨리 손을 들고 대답했다.

“새세대 심장 재단.”

“틀렸습니다.”

“그럴 리가 없는데요?”

내가 눈을 똑바로 뜨고 되받아치자 노란 양복은 이놈 봐라, 하는 표정으로 나를 쳐다보며 말했다.

“예전 이름은 그게 맞는데, 지금부터 딱 두 달 전에 이름을 바꾸었다는구나. 그럼 지금부터 제한 시간 잽니다. 십, 구, 팔……”

35번이 대답을 하지 못하자 다시 선택지를 내주었다.

"1번 한국 심장 재단. 2번 대한 심장 재단."

헷갈린다. 엄청 헷갈린다. 이 질문을 놓친다면 평생 동안 후회할지도 모른다. 나는 필사적으로 머릿속을 헤집었다. 두 달 전에 재단 이름이 바뀌었을 줄이야. 나는 온 힘을 다해 정신을 집중하고 엄마가 편지를 넣어 보내는 봉투를 기억하려 애썼다. 제발 움직여 다오, 돌머리야.

엄마 몰래 우표를 훔칠 때, 봉투 겉면을 흘깃 보았던 기억이 떠올랐다. 분명히 그 봉투에 심장 재단의 주소와 함께 새로 바뀐 심장 재단의 이름이 적혀 있었다…….

나는 헐떡이며 외쳤다.

"1번, 한국 심장 재단!"

"정답입니다!"

나는 주먹을 움켜쥐고 제자리에서 펄쩍 뛰었다. 35번은 내 동생처럼 핼쑥해져서 나를 쳐다보았다.

"각각 한 문제씩 맞혀서 스코어는 일 대 일! 팽팽한 접전이군요."

노란 양복은 엄지손가락에 침을 묻히고 수첩을 한 장 넘겼다.

"자, 이제 마지막 세 번째 퀴즈입니다. 마지막은 난센스 퀴즈입니다. 이 질문은 선택지가 없는 주관식 문제입니다."

스포츠 신문이나 잡지의 한 귀퉁이를 꼭 차지하는 난센스 퀴즈는 아이들 사이에서 항상 유행이었다. 난센스 퀴즈랍시고 시답지 않은 퀴즈를 직접 만들어 내기도 했고, 소풍이나 학예회에 서는 빠지지 않는 레퍼토리였다. 야한 내용의 난센스 퀴즈들도 많았다. 그 덕분에 난센스 퀴즈를 많이 아는 아이는 반에서 연예 인 못지않은 인기인 대접을 받았다.

하지만 나에게 난센스 퀴즈를 많이 아느냐고 묻는다면? 대답 은 자신 없음이다. 돌머리가 어디 가겠냐. 노란 양복은 연극조로 질문을 읊었다.

"길을 가다 주공 아파트와 시영 아파트가 오랜만에 만났습니 다. 그런데 시영 아파트의 안색이 별로 좋지 않아서 주공 아파트 가 물어봤습니다. 너 어디가 아프니? 시영 아파트가 뭐라 대답했 을까요?"

"……."

35번과 나는 침묵에 빠졌다. 노란 양복은 웃음기가 하나도 없 는 우리 얼굴을 보더니 실망한 듯 헛기침을 하고는 한쪽 소매를 걷어붙이고 손목시계를 가리켰다.

"시간 제한 시작합니다? 십, 구, 팔, 칠……."

아파트와 아파트가 만나서…… 주공 아파트랑 시영 아파트가 뭐가 다르지? 아니, 이건 난센스 퀴즈니까 그런 거에는 신경 쓰 지 말고 시영 아파트가 왜 아픈지, 어디가 아픈지만 생각해야 한 다. 아파트가 사람이라고 치면…… 대체 아파트가 사람이라는 게 말이나 되냐? 아니 잠깐, 이건 난센스 퀴즈라니까. 애초에 말이 안 되는 퀴즈라니까!

"힌트 줄까요?"

"네, 주세요!"

"정답은 아파트에만 있는 부분과 관계가 있습니다."

"아파트에만 있는 부분이요?"

"아, 빌라에도 있을 수 있겠구만. 아무튼 주로 아파트에 있는 부분입니다."

아파트에만 있는 부분이라. 나는 부반장네 집을 떠올리려고 애썼다. 어차피 내가 태어나서 구경해 본 아파트라고는 부반장 네 집밖에 없었으니까. 제일 먼저 떠오른 부분은 아파트 화장실이었다. 새하얗게 반짝이는 수세식 화장실. 하지만 수세식 화장실은 아파트만이 아니라 전철역이나 학교에도 있다. 그렇다면 뭐가 있나. 제기랄, 아파트에 살아 본 적이 있어야 알지. 저 퀴즈 만든 인간은 세상 모든 사람이 다 아파트에서 사는 줄 아나?

힌트를 줘도 우리가 좀처럼 정답을 내놓지 못하자 노란 양복 은 갑갑한 듯 한숨을 쉬더니 두 번째 힌트를 냈다.

"잘 생각해 봐요. 사람이 아플 때 자주 아픈 부분이 있잖아? 그거랑 아파트에만 있는 부분을 연관 지어서 생각해 보라고."

사람이 자주 아픈 부분이라. 한겨울 냉골 위에서 굴러도 감기 한 번 걸리지 않는 내 몸뚱이에 아픈 부분이라. 엄마 아빠의 월급 은 툭하면 밀리고 끊기기 일쑤였다. 연탄 살 돈까지 똑 떨어진 한

겨울에는 얼음장 같은 냉골에서 겨울 옷을 죄다 꺼내 겹겹이 입고서는 이불과 요를 겹쳐서 둘둘 말고 온 가족이 껴안고 자는 날도 많았다. 내가 동생하고는 딴판으로 건강한 건 타고난 체질 덕분도 있지만 코흘리개 시절부터 그런 식의 겨울나기에 단련된 덕분이기도 했다. 간혹 흙바닥에 떨어진 과자를 먹고 배탈이 난 적은 있지만……. 그래, 보통 사람들이 자주 아픈 곳은 배일 거다.

'배와 관련 있는 아파트에만 있는 부분'이라. 나는 머리를 열심히 굴려서 조금씩 해답의 범위를 좁혀 나갔다. 배, 그리고 아파트. 아파트에만 있는 것. 우리 집에는 없고, 부반장네 집에는 있는 부분…….

"베…… 란다?"

무심코, 나는 정말이지 그게 정답이라는 확신이라고는 눈곱만큼도 없이 그저 무심결에 대답했다. 그러자 노란 양복이 제 무릎을 철썩 후려갈기며 소리쳤다.

"맞습니다! 어디가 아프냐고 물었더니만, 대답은 '배'란다!"

헛웃음이 비어져 나왔다. 정답이 우스워서가 아니라, 허탈해서였다.

"마지막 퀴즈의 정답은 33번, 33번 선수가 맞혔습니다! 33번 선수가 최종 우승자입니다!"

저 인간은 듣는 사람도 없는데 왜 자꾸 혼자 시끄럽게 떠드는 거냐. 갑자기 눈부시게 밝은 빛이 나를 향해 비추었다. 나는 반사적으로 팔을 들어 눈을 가렸다. 노란 양복은 미친 사람처럼 반복해서 소리 질렀다.

"최종 우승자는 33번입니다!"

사방에서 엄청난 함성과 박수가 쏟아졌다. 나는 실눈을 뜨고 눈을 가린 팔 너머로 앞을 보았다. 우리를 태운 배는 동굴을 완전히 빠져나와 출구를 향해 가고 있었다. 배는 우리가 퀴즈를 푸는 동안에도 끊임없이 앞으로 나아가고 있었던 것이다. 퀴즈에 집중한 나머지 전혀 눈치채지 못했다. 대포 같은 사진기에서 플래시가 쉴 새 없이 번쩍였다. 수십, 아니 수백 명의 사람이 출구를 둥그렇게 에워싸고 박수를 치며 소리를 질러 댔다.

"33번! 1등은 33번!"

마침내 배가 멈추었다. 검은 정장 입은 직원들의 손이 앞다투어 뻗어 나와 나를 땅 위로 끌어 올렸다. 땅을 밟기가 무섭게 공주 드레스를 입은 누나들이 우르르 달려와 내 목에 커다란 꽃 목걸이를 걸어 주었다. 정신이 하나도 없었다. 아직 목에 번호 명찰을 걸고 있는 다른 참가자 아이들도 보였다. 문득 35번이 생각나 뒤를 돌아보았지만 눈을 아프게 찌르는 플래시 불빛에 가로막혀 아무것도 보이지 않았다.

9

가질 수 없는 것

직원들은 나를 맨 처음 모였던 야외 무대로 데려갔다. 이번에는 무대 아래 관객석이 아닌 무대 위로 올라갔다. 무대에는 높은 단상과 마이크가 준비되어 있었다. 나는 여전히 정신이 하나도 없었다. 내 오른편에는 35번이 섰고 왼편에는 13번이 섰다. 둘 다 잔뜩 긴장해서 서로를 전혀 의식하지 못하고 있었다. 노란 양복이 아, 아, 하고 마이크 테스트를 하더니 관객석에 모인 군중을 향해 말했다.

"양해 말씀 드립니다. 시상식을 준비하는 동안 약 오 분에서 십 분 정도 기다려 주시기 바랍니다."

직원들은 우리를 무대 위에 세워 놓은 채 분주하게 움직이며 시상식 준비를 하기 시작했다. 우리는 얼어붙은 채 그 자리에 서

있었다. 문득 35번이 내게로 살짝 고개를 돌리더니 작은 목소리
로 말했다.

"이제 와서 말하는 거지만, 어차피 내가 질 거라고 생각했어."

"왜?"

"넌 어쩐지 공부 잘할 것같이 생겨서."

세상에, 만년 꼴찌에서 7등 위로 올라가 본 적이 없는 나한테
공부 잘할 것같이 생겼다니. 그것도 여자아이한테 그런 말을 들은
건 처음이었다. 나는 어물거리다가 헛기침을 한 번 하고 말했다.

"뭐, 난센스 퀴즈랑 공부랑은 별 상관 없잖아."

우등생 샌님처럼 잘난 척하는 내 말투에 스스로 기가 막혔지
만 나 원래는 공부 더럽게 못한다고 사실대로 말하기는 싫었다.
그냥 35번이 계속 오해해 줬으면 하는 마음이었다. 왜인지는 모
르겠지만, 그랬다.

35번은 커다란 눈으로 날 빤히 쳐다보더니 불쑥 말했다.

"비행기표 사서 미국 간다는 얘기, 거짓말이었어."

나는 이상할 만큼 전혀 놀라지도 기분이 나쁘지도 않았다.

"그래?"

"우리 아빠는 한국에 있어. 오산에서 한국인 아줌마랑 결혼해
서 같이 사는데, 유치원 다니는 아들도 하나 있어. 조만간 한국으
로 국적도 바꾸고 영영 한국에 눌러앉을 거래. 내가 미국에 가 봤
자 만날 사람은 아무도 없어."

"그럼 왜 미국에 간다고 거짓말했던 거야?"

"우리 아빠가 한국이 아니라 미국에 있다고 생각하면 화가 덜 날 것 같았어. 아빠가 아예 연락도 할 수 없고 만날 수도 없는 먼 땅에 산다면 말이야."

"그럼, 오산에 내려가서 귀싸대기는 갈겨 줬어?"

35번은 힘없이 웃으며 고개를 저었다.

"아니. 부대 앞에서 햄버거랑 콜라 사 줘서 그거 먹고 저녁에 혼자 시외버스 타고 올라왔어. 용돈 하라고 미국 돈 십 달러도 받았어."

"아주 나쁜 사람은 아닌 모양이네."

"그나저나 너, 이름이 뭐야?"

나는 죄지은 사람처럼 화들짝 놀랐다.

"나?"

"여기 너 말고 누가 있니."

"어, 쟤도 있잖아."

얼떨결에 나는 턱짓으로 잔뜩 얼어 있는 13번을 가리켰다. 그러자 35번은 어처구니없다는 표정으로 쏘아붙였다.

"야, 내가 저 자식 이름 따위를 궁금해할 것 같아?"

그럴 수도 있지 뭘 그렇게 성을 내나. 역시 여자애들은 좀 이상하다. 그러고 보면 원더랜드에 들어오고 나서 나는 줄곧 이름이 아닌 번호로만 불렸다. 노란 양복도 아주 당연하다는 듯이 아이들의 이름 대신 번호를 불렀다. 아이들끼리도 다른 아이를 번호로 부르는 일에 전혀 아무런 거리낌이 없었다. 마치 감옥에 갇힌 죄수처럼, 교실에 일렬로 앉은 학생처럼.

나는 겨우 반나절 사이에 낯설어진 내 이름 석 자를 35번에게 불러 주었다.

"난 최승협."

"내 이름은 안 궁금하니?"

"어? 어. 궁금해. 네 이름은 뭔데?"

"안영자. 이름 무지 촌스럽지? 사실 이름 하나 더 있어. 미국 이름."

"뭔데?"

"아리사 영 안. 이건 괜찮지?"

"그래. 꼭 미국 영화배우 이름 같다. 미국 이름은 아빠가 지어 준 거야?"

35번, 아니 영자, 아니 아리사의 표정이 빠르게 어두워졌다. 내가 무슨 실수라도 했나. 아리사는 우울한 어조로 대답했다.

"응. 아빠가 나 태어났을 때 지어 줬대. 유명한 흑인 여자 가수 이름에서 따 왔다나 뭐라나. 어떻게 생긴 가수인지 잡지에서 찾아보니까 완전 뚱뚱하고 못생겼더라. 뭐 그런 못생긴 여자 이름을 따서 붙였는지 몰라."

"그, 그래도 유명인이잖아."

"뭐, 노래는 되게 잘 부르더라."

"영자…… 아니 아리사. 너도 노래 잘 불러?"

"나? 우리 엄마 닮아서 제법 불러. 울 엄마는 처녀적에 미 팔
군 최고 인기 가수였대. 요즘으로 치면 김완선 뺨쳤다더라. 한창
때는 제발 결혼 좀 해 달라는 미군들이 금반지랑 꽃다발 들고 줄
을 섰다나 뭐라나. 지금은 그냥 펑퍼짐한 아줌마야."

"가수라니 멋있다. 우리 엄마는 그냥 공장에서 일하는데."

나는 솔직하게 감탄했지만 아리사는 콧방귀를 뀌었다.

"뭘 모르는구나? 사는 데는 평범한 게 제일이야."

공장에서 일하는 삶이 과연 평범할까. 나면서부터 계속 공장
근처 동네에서만 살아온 나에게는 평범한 삶이지만, 군인 아들
인 13번이나 부잣집 아들인 1번의 세상에서는 평범하지 않을 것
이다. 내가 겪은 모든 사람들은 '평범함'과 '평범하지 않음'을
집요하게 갈라냈다. 그렇다면 남들과 다른 검은 피부와 곱슬머
리를 지닌 아리사가 평범하게 지낼 수 있는 곳은 이 세상 어디에
있을까.

"너도 그냥 평범해."

들릴락 말락 하게 혼잣말로 중얼거렸는데 들었는지, 아리사는
나를 물끄러미 바라보았다. 어…… 내가 무슨 소릴 지껄인 거지.
갑자기 얼굴이 확 달아올라서 나는 괜히 다른 곳을 쳐다보며 딴
청을 부렸다.

"지금부터 시상식을 시작하겠습니다!"

노란 양복이 마이크에 대고 외쳤다. 잡담하고 떠들던 사람들이 일제히 자리에 앉았다. 무대 위에 커다란 태극기가 드리워졌고 검은 양복의 직원들 수십 명과 원더랜드 사장 아저씨가 우리 뒤쪽에 반듯하게 줄을 맞추어 섰다.

"국민의례를 하겠습니다. 전원 기립!"

우리는 직원들과 함께 태극기를 향해 뒤돌아서 국기에 대한 경례를 했다. 경례가 끝난 다음에 애국가도 불렀다. 십 분 전부터 계속 서 있었더니 슬슬 다리가 아파 오기 시작했다. 국민의례가 끝나자 노란 양복은 다시 마이크 앞에 섰다.

"시상에는 우리 원더랜드 김갑환 사장님께서 협조해 주시겠습니다."

사장 아저씨가 대통령처럼 웃으며 단상으로 올라갔다. 공주 드레스 누나 두 명이 각각 트로피와 꽃다발을 들고 사장 아저씨의 뒤를 쫓아 단상 옆에 나란히 섰다. 노란 양복은 우리를 향해 돌아서서 발표했다.

"3등, 삼청중학교 2학년 곽종현 학생!"

13번이 냉큼 단상으로 올라갔다. 사장 아저씨는 트로피를 13번에게 건네주고 악수를 했다. 카메라 플래시가 펑펑 터졌다.

"2등, 오원중학교 3학년 안영자 학생!"

아리사가 앞으로 나갔다. 이왕이면 '아리사 영 안' 이름으로 발표하는 게 더 폼이 날 텐데. 아리사도 사장 아저씨와 악수를 하고 트로피와 꽃다발을 받았다.

"그리고 최종 우승자이자 1등을 한 정명중학교 3학년 최승협 학생!"

어지럽게 플래시가 터지는 가운데 나는 오로지 상금 이백만 원만을 생각했다.

"뭐 하니, 어서 올라가지 않고!"

직원이 멍해 있는 내 등을 두드렸다.

나는 녹슨 로보트처럼 뻣뻣하게 단상에 올라갔다. 사장 아저씨가 묵직한 1등 트로피를 건네주었다. 나는 황급히 고개를 숙이며 트로피를 받았다. 이어서 사장 아저씨가 악수를 청했다. 13번과 아리사는 거치지 않은 절차였다. 높은 사람과 악수하는 건 난생처음이었다. 사장 아저씨가 내 손을 잡자 기다렸다는 듯 사방에서 플래시 세례가 쏟아졌다. 사장 아저씨는 한 손으로 내 손을 꽉 잡은 채 다른 손으로 짐짓 다정하게 내 어깨를 끌어안고 사진사들을 향해 활짝 웃어 보였다.

"학생! 학생도 좀 웃어 봐!"

얼어붙은 나를 향해 한 사진사가 재촉했다. 나는 어정쩡하게 웃었지만 생각처럼 쉽지가 않았다. 드레스 누나들이 양손 가득 커다란 꽃다발을 들고와 내 품에 안겨 주었다. 트로피도 꽃다발도 2등과 3등에 비해 훨씬 크고 풍성했다. 마치 멋진 사진을 남기기 위해 준비한 것처럼 보였다.

사진 촬영이 끝나기 무섭게 사장 아저씨는 언제 그랬느냐는 듯 만면 가득했던 웃음을 싹 지우고 단상에서 내려갔다. 트로피는 무겁고 꽃다발은 거추장스러웠다. 빨리 이백만 원이나 달라고. 설마 이대로 끝인 건 아니겠지?

노심초사하는 내 마음은 알 바 아니라는 듯 노란 양복은 잔뜩 뜸을 들였다.

"그러고 보니, 시상식에서 제일 중요한 부분을 빼먹었지요?"

몇몇 사람이 소리 높여 외쳤다.

"상품은 언제 줍니까?"

"상품이 궁금하다!"

노란 양복은 관중들의 반응에 만족한 듯 능글맞게 웃었다.

"지금부터 꿈과 희망, 모험과 용기, 무엇이든 다 있는 우리 원더랜드에서 특별히 준비한 상품을 공개하겠습니다!"

무대 아래에 일렬로 선 고적대가 작은북을 빠르게 두드렸다. 내 심장은 북소리와 같은 빠르기로 뛰기 시작했다. 노란 양복은 우리를 향해 돌아서서 커다란 붉은색 장막으로 가려진 무대 뒤편을 손으로 가리켰다. 우리 세 사람도 관객석을 등지고 장막을 향해 돌아섰다.

드디어 이백만 원이다. 이백만 원이 내 손 안에 들어온다.

팽팽하게 다듬어진 공기를 끓으며 심벌즈 소리가 울렸다. 그와 함께 거대한 장막이 단번에 위로 올라갔다. 정말로 심장이 멎을 것 같은 기분에 나는 그만 눈을 감아 버렸다.

"우와아!"

구경꾼들이 탄성을 질렀다. 노란 양복이 거드름 피우며 말했다.

"우리 대단한 선수들에게 과연 어떤 상품이 주어지는지 여러분 많이 궁금하셨죠?"

나는 눈을 떴다. 그리고 바보처럼 입을 헤벌린 채 그 자리에 얼어붙었다. 장막이 걷힌 곳에는 차라리 언덕이나 작은 산이라고 부르는 게 걸맞을 만큼 거대한 무더기가 있었다. 그 무더기는 크고 작은 상자들로 이루어져 있었다.

"이 상품들은 우리 김갑환 사장님께서 원더랜드 백화점 매장을 순회하며 직접 골라 오신 최고급 상품들이 되겠습니다! 3등은 최대 두 개, 2등은 최대 세 개, 1등은 최대 다섯 개까지 원하는 대로 상품을 고를 수 있습니다. 상품의 가격에 상관없이 뭐든 자유롭게 갖고 싶은 것을 고르면 됩니다! 다시 말하지만, 가격에는 아무런 상관이 없습니다!"

수많은 구경꾼들이 내지르는 함성에 무대 바닥이 웅웅 울렸다. 내 머리도 웅웅대고 있었다. 상자들에는 갖가지 상품들의 이름이 적혀 있었다. 30인치 컬러텔레비전, 50리터 냉장고, 재믹스, 퍼스널 컴퓨터, 영어 어학 테이프 세트, 펜탁스 자동 카메라, 텐트 침낭 세트, 백과사전 세트, 바이탈 푸트 안마기, 맥반석 도자기 구이판…… 수없이 많은 이름들에 눈이 빙빙 돌아갔다. 개중에는 상자가 아닌 널빤지처럼 커다란 종이 판도 끼어 있었다. '제주도 4박 5일 여행권'이라고 커다랗게 쓰인 게 보였다.

하지만 '상금 이백만 원'이라고 쓰인 널빤지는 아무 데도 없었다. 왜 안 보이지? 아니, 저렇게 상품 무더기가 크니까 어딘가에 처박혀 있을지도 모른다. 나는 가뭄 든 논바닥처럼 쩍쩍 갈라지는 입술을 끊임없이 혀로 축이며 벌떡이는 심장을 달랬다. 한 팔에 안은 트로피가 납덩이처럼 무거워지고 있었다.

"먼저 3등을 한 우리 곽종현 학생부터 상품 두 개를 고르도록 하겠습니다."

말이 떨어지기 무섭게 13번이 상품 쪽으로 달려갔다. 13번은 아무런 주저함도 망설임도 없이 꼭대기 근처에서 퍼스널 컴퓨터와 펜탁스 자동 카메라를 끄집어냈다.

두 번째로 아리사가 상품을 고르러 나갔다. 아리사는 한참을 고민하다 맥반석 도자기 구이판과 자전거를 골랐다. 나머지 하나도 어서 고르라는 노란 양복의 말에 제주도 여행권을 골랐다.

마지막으로 1등인 내 차례였다. 노란 양복이 선심 쓰듯 내 트로피를 대신 들어 주었다. 나는 냅다 달려가 땅굴을 파고 들어가는 두더지처럼 두 손으로 상품 무더기를 마구 뒤지기 시작했다. 장학금, 이백만 원, 내 돈! 도대체 어디 숨어 있는 거냐?

"어이! 너 뭐 하는 거냐? 상품이 다 흐트러지잖아!"

노란 양복이 놀라서 물었다. 나는 상품 더미에 두 손을 파묻은 채로 그에게 물었다.

"돈은 없어요?"

그 순간, 나를 빤히 바라보던 노란 양복의 표정이라니.

"너 지금 뭐라고 한 거냐?"

"상품 중에 장학금이나 상금 같은…… 돈은 없냐고요. 돈이요."

땡볕 아래 엎드려 뻗쳐 벌을 서는 것처럼 목이 마구 타들어 갔다. 노란 양복은 구린내 풍기는 벌레를 보는 듯한 눈으로 나를 내려다보며 물었다.

"나 참, 머리에 피도 안 마른 놈이 벌써부터…… 학생이 돈이 어디 필요하다고?"

나는 욱한 마음에 쏘아붙였다.

"학생은 돈 없이도 살 수 있는 줄 알아요?"

내가 꼬박꼬박 말대꾸를 하자 노란 양복은 사장 눈치를 보더니 내 곁에 바짝 다가와 작지만 위협적인 목소리로 으르댔다.

"이게 어른 앞에서 건방지게! 학생이 돈을 어디다 쓰려고 그래?"

그러고 보니 경기를 하는 내내 정신이 없어서 정작 이백만 원을 어디다 쓸지는 미처 생각하지 못했다. 할 말을 잃은 나는 멍하니 무대 아래를 바라보았다. 구경꾼들이 호기심에 찬 눈빛으로 나를 쳐다보고 있었다. 엄마 품에 안긴 꼬마들의 손에 걸린 너구리 모양 풍선들이 유리 돔을 통해 쏟아지는 햇빛을 받아 은빛으로 반짝이며 흔들렸다. 모두 나를 향해 바보 멍청이라고 놀리는 것만 같았다.

노란 양복은 손가락으로 내 어깨를 쿡 찌르며 학생주임처럼 위협했다.

"엉? 돈이 왜 필요하냐고!"

나는 더 이상 참지 못하고 버럭 소리 질렀다.

"우리 동생 수술비가 필요하다고요!"

노란 양복은 턱을 아래로 빠트린 채 돌처럼 굳었다. 나도 내가 무슨 소릴 했는지 뒤늦게 깨달았다. 그만큼 흥분해 있었다. 그 순간 왜 동생 수술비라는 말이 튀어나왔는지 나도 모를 노릇이었다. 너구리 풍선을 보고 동생 생각이 나서 그랬을까?

몇 초가 흐르고 나서 노란 양복은 간신히 턱을 움직여 말했다. 말이라기보다는 탄식에 가까웠지만.

"그것 참……."

"여기에는 뭐든 다 있다면서요? 제가 원하는 건 돈이라고요, 돈. 상품 다 필요 없어요. 상품으로 동생 수술시키게요?"

"허어…… 그것 차암."

노란 양복은 연신 콧바람을 내뿜으며 같은 말만 반복했다. 어쨌거나, 수많은 상품 무더기 중에 이백만 원은 없었다. 나는 맥이 빠져 돌아섰다. 그러자 노란 양복이 깜짝 놀라며 내 팔을 부여잡았다. 시종일관 연극조로 거만하기만 했던 그의 말투는 딴판이 되었다.

"애야, 상품을 골라야지. 다섯 개까지 골라도 된다."

나는 고개를 저었다.

"필요 없어요."

"필요 없다니. 집에 필요한 게 많을 것 아니냐."

나는 재촉에 못 이겨 상품을 훑어보았다. 재믹스 상자가 제일 먼저 눈에 들어왔지만 우리 집에는 재믹스를 연결할 텔레비전이 없다. 그러면 재믹스와 함께 30인치 텔레비전을 골라 가면 되지 않을까 싶었지만 너무 커서 집 안에 두면 식구 중 한 명이 밖에서 자야 할 것 같았다. 그렇다면 어학 테이프? 테이프를 돌릴 라디오 카세트가 없으니 쓸모가 없다. 제주도 여행권에 잠깐 마음이 갔지만 우리 엄마 아빠는 내가 태어나고 나서 단 한 번도 4박 5일은커녕 2박 3일 휴가도 써 본 적이 없는걸. 마지막으로 '뷰티 슬림'이라는 물건이 눈에 띄었지만 가까이에서 상품 설명을 읽어 보니 살 빼는 기구였다. 우리 집에는 살을 찌워야 할 사람은 있어도 빼야 할 사람은 없다. 나는 한숨을 쉬며 말했다.

"됐어요. 쓸 수 있는 게 없어요."

노란 양복은 당황해서 소리쳤다.

"됐다니, 하나라도 가지고 가야지!"

노란 양복 말고 다른 직원들도 당황한 기색이 역력한 얼굴로 나를 쳐다보고 있었다. 멀리 떨어진 사장 아저씨가 크게 헛기침을 했다. 노란 양복은 사장 아저씨의 눈치를 보면서 애원조로 말했다.

"어서 하나라도 골라라. 뭐 하나라도 들고 가야지 네 동생도 좋아할 게 아니냐."

아리사도 노란 양복처럼 안달복달하며 나를 보고 있었다. 내 몫의 상품을 그냥 아리사에게 주라고 할까 싶었지만 어쩐지 창피해서 그만두었다. 내가 마구 끄집어낸 상품들이 무대 위에 아무렇게나 나뒹굴고 있었다. 굴러다니는 상품들 중에서 문득 백과사전이 눈에 띄었다. 나는 백과사전을 손가락으로 가리키며 말했다.

"저거 주세요. 백과사전."

직원들이 득달같이 달려가 백과사전을 들고 왔다. 나는 이번에는 무대 아래 관중석을 가리켰다.

"그리고 풍선도 주세요."

"풍선? 그건 상품이 아닌데?"

직원들이 당황한 표정을 지었다. 그러자 노란 양복이 직원들에게 버럭 화를 냈다.

"후딱 하나 갖다 줘!"

나는 한 손에 너구리 풍선을 들고 백과사전 세트를 발치에 놓은 채 다시 한 번 기념 사진에 찍혔다. 꿈에 그리던 상금 이백만 원은 하늘 저편으로 훨훨 날아가 버렸다. 난 도대체 뭘 위해서 그 토록 악에 받쳐 광대놀음 같은 경기에 몸을 던졌던 걸까.

하긴 그래. 울 엄마 말마따나 세상에 공짜는 없지. 원더랜드 천장을 물들이는 저녁 노을을 올려다보며 나는 어서 빨리 집에 나 가고 싶다고 생각했다.

열 권짜리 백과사전 세트는 천근만근이었다. 나는 손목에 너 구리 풍선 실을 묶은 채 철근처럼 무거운 책을 다섯 권씩 나누어 양손에 들고 집으로 돌아갔다. 저녁 시간의 2호선 전철에는 사람 이 숨도 못 쉴 만큼 꽉꽉 들어차 있었다. 나는 두 손으로 책을 묶 은 노끈을 단단히 틀어잡은 채 이 사람 저 사람에게 부딪히고 치 이고 욕설을 들으며 짐짝처럼 실려 갔다. 우리 동네에 도착했을 즈음에는 온몸이 땀으로 범벅이 되어 있었다.

다리를 질질 끌며 집에 도착했더니 동생은 이불 위에서 자고 있었다. 나는 쾅 소리 나게 책 뭉치를 내려놓고 동생 옆의 맨 바 닥에 벌렁 드러누웠다. 허리에서 나무 꺾이는 소리가 나며 야근 하고 돌아온 엄마 말투가 그대로 튀어나왔다.

"아이고 죽겠다!"

온몸이 땀으로 끈적거렸지만 나가서 씻기는커녕 손가락 하나 까딱할 힘도 없었다. 하루 종일 원더랜드에서 얼마나 신경을 곤

두세웠는지 눕자마자 사지가 노곤하게 풀어지며 땅이 꺼지는 한숨이 새어 나왔다.

"왔어?"

잠든 줄 알았던 동생이 게슴츠레 눈을 뜨더니 일어나 앉았다.

"풍선은?"

나는 너구리 풍선이 묶인 손목을 들어 보였다. 동생의 얼굴이 환해졌다.

"저기도 너 줄 거 있어."

"뭐? 이거 백과사전이잖아?"

동생은 부리나케 달려가 식칼로 책을 묶은 노끈을 끊어 내고 정신없이 백과사전을 넘겨 보았다.

"이거 어디서 났어?"

나는 거드름 피우며 말했다.

"검정고시 참고서 대신이야."

동생은 책을 품에 끌어안고서 기쁨과 놀라움에 찬 얼굴로 나를 바라보았다. 동생의 표정에 어깨가 절로 으쓱해졌다. 나도 오빠 노릇이라는 거 제대로 한번 해 보는구나.

"진짜로 어디서 났어? 이거 무지 비싼 책인데."

"이 오라버니가 하루 종일 죽을 고생 하고 상으로 타 온 거다."

"상? 무슨 상? 오빠 오늘 무슨 시험 쳤어?"

“야, 첨부터 말하자면 복잡하다. 라면부터 먹고 얘기하자. 배고파 죽겠다.”

우리는 나란히 서서 라면을 끓였다. 한참 라면을 먹는데 문득 고장 난 텔레비전 위에 놓인 커다란 서류 봉투가 눈에 띄었다.

“저건 뭐야?”

“몰라. 오늘 낮에 엄마 앞으로 왔어.”

라면을 다 먹어갈 즈음 엄마가 퇴근했다. 엄마는 문갑 위에 놓인 봉투에서 서류를 꺼내 선 채로 읽어 내려갔다.

“어이구, 하느님!”

엄마는 갑자기 바닥에 풀썩 주저앉으며 외마디 비명을 질렀다. 서류를 움켜쥔 엄마의 손이 와들와들 떨렸다. 엄마는 다른 손으로 자기 허벅다리를 연거푸 후려치며 계속 소리를 질러 댔다.

“어이구, 어이구, 하느님, 관세음보살님!”

교회도 절도 나가지 않는 엄마 입에서 하느님과 부처님 이름이 번갈아 튀어나왔다.

“무슨 일이야?”

놀란 우리가 다가가자 엄마는 동생을 와락 끌어안았다.

“은경아, 어이구, 은경아!”

“왜 그래, 엄마?”

내가 묻자 엄마는 눈물을 철철 흘리며 외쳤다.

“승협아, 네 동생은 이제 살았다! 심장 재단에서 은경이 수술비 지원을 해 준단다! 이제 수술비 이십 프로만 내면 은경이 수술 받을 수 있게 된다!"

"그게 정말이야?"

"정말이고말고, 에미가 그동안 그렇게 늬 아버지한테 구박을 얻어먹으면서 편지질 해 댄 보람이 이제 돌아왔다. 아이구, 하느님 대통령님, 감사합니다, 감사합니다!"

엄마는 동생을 꽉 끌어안고서 대통령에게 고맙다는 말을 몇 번이고 반복했다. 동생은 얼굴을 찡그리며 엄마의 가슴을 밀어 젖혔다.

"이거 좀 놔. 덥단 말이야."

원래대로라면 동생의 심장 수술비는 무려 천만 원이었다. 의료 보험 혜택을 받지 못하는 일반 환자가 심장 재단의 지원자로 뽑히면 수술비의 80퍼센트를 지원받는다고 했다. 천만 원에서 80퍼센트를 지원받으면, 우리 집에서 낼 돈은 나머지 20퍼센트인 이백만 원이 된다. 천만 원이 우리 집 네 식구가 다 같이 죽었다 깨어나도 구할 수 없는 돈이라면, 이백만 원은 한 번 죽었다 깨어나면 가까스로 구할 수 있는 돈이란다. 만일 내가 원더랜드에서 상금을 탔으면 내일이라도 당장 수술을 받으러 갈 수 있을 텐데.

한참 동생을 껴안고 울다가, 대통령에게 고마워하다가를 반복하던 엄마는 눈물을 닦고 일어나 저녁상을 준비했다. 엄마는 오늘은 경사로운 날이라며 손가락만 한 돼지비계가 들어간 김치찌개를 끓여 주었다. 나는 라면을 먹었는데도 불구하고 밥을 두 공기나 먹어 치웠다.

늦은 밤에 아빠가 퇴근했다. 엄마는 냉큼 아빠에게 심장 재단 소식을 알렸다.

"그게 참말이야?"

"관청에서 등기로 보낸 건데 참말이지 거짓말이겠수?"

아빠는 믿을 수 없다는 듯이 두 눈을 끔벅이며 엄마가 건넨 서류를 몇 번이고 훑어보았다.

"둘째 아주버님네 꾸어 준 돈 돌려 받으면 어떻게든 될 거예요."

"그래. 당장 이번 주라도 조퇴 내고 애 데리고 병원 수속 밟어. 돈은 내가 알아서 할 테니까."

아빠가 한 말은 그뿐이었다. 아빠는 묵묵히 앉아 김치찌개를 먹다 말고 불쑥 생각난 듯 엄마에게 말했다.

"참, 당신도 부장한테 이번 총 궐기 대회 소식 들었지?"

밥상 옆에 앉아 빨랫감을 접던 엄마는 어깨를 움찔했다. 잠깐 동안 시간이 멈춘 듯 가만히 있던 엄마는 입만 달싹여서 대답했다.

"나는 안 나가요."

아빠는 청천벽력을 맞은 사람처럼 소리 질렀다.

"뭔 소리야 갑자기?"

"은경이 수술 받으면 내가 병원 뒷바라지 해 줘야 할 거 아니우. 애 입원시키면 공장도 그만둬야겠어요."

"아니, 애 뒷바라지야 당연히 하는 거고, 다른 건 그렇다 쳐도 공일에 궐기 대회 나가는 게 뭐가 어렵다고 그래?"

엄마는 흥분해서 어쩔 줄 몰라 하는 아빠의 눈치를 보며 말했다.

"그냥 이제부터 나는 데모는 안 나갈래요."

아빠는 기막힌 표정으로 부르짖었다.

"당신 미쳤어?"

"그…… 정부에서 나 하는 일 알아내서 지원금 취소라도 하믄 큰일 나지 않겠어요? 그러니까 나라도 미리 그만둬야지."

"아니, 지원금은 지원금이고!"

엄마는 막힌 숨을 토해 내듯이 말했다.

"그리구, 실은 내 맘이 안 내켜요."

"그건 또 뭔 소리야?"

"사기꾼이다, 그짓말이다 하는데 당신도 봐요. 어쨌거나 나라에서 우리 딸내미 목숨을 살려 주지 않았수. 투쟁도 좋고 학출 선생들 가르침도 좋지만 나는 이제 나랏님들한테 욕지거리 대구 하기에는 마음이 영 무겁소."

"나랏님? 나랏니임? 나 참, 지금이 이조 시대야? 이 여편네가, 그동안 내가 입이 닳도록 가르쳤는데도!"

아빠는 방바닥을 손바닥으로 마구 두드리며 소리 질렀다. 그러나 한 번 터져 나온 엄마의 말문은 멈추지 않았다. 엄마는 아빠를 똑바로 바라보며 선언했다.

"당신은 나랑 다르게 유식한 양반이니 내 몫까지 열심히 욕하고 투쟁해 주면 될 거 아니유. 지난번에도 말했지만 나한테는 병든 새끼 목숨 살려 주는 양반이 곧 하느님이고 부처님이요. 어이구, 어찌나 고맙고 감사한지. 고맙습니다, 고맙습니다."

엄마는 마치 눈앞에 대통령 부부가 서 있기라도 한 것처럼 연신 고개를 수그렸다. 아빠는 '고공 자유 낙하'에서 막 내린 사람 같은 표정으로 엄마를 바라보았다. 엄마 아빠가 입씨름하는 동안 방 한구석에서 소리 없이 백과사전을 보고 있던 동생이 사전을 겨드랑이에 끼고 일어나 아빠에게 다가가 말했다.

"아빠. 나 수술 받고 다 나으면 나랑 같이 투쟁하자."

아빠는 복잡한 표정으로 동생을 내려다보았다. 끝내 동생에게 아무 말도 하지 못한 아빠는 할아버지처럼 끄응 하는 신음 소리를 내고는 일어나 슬리퍼를 끌고 집을 나갔다. 아빠가 피우는 담배 연기가 집 안으로 흘러 들어왔다.

그날은 지독한 열대야였다. 나는 달려드는 모기 떼에 잠에서 깨어나 부채를 집어 들고 집 밖으로 나갔다. 원더랜드 행사 참가 기념품으로 받은 부채에는 마법의 성 그림 아래 화려한 글씨가 쓰여 있었다. '꿈과 환상의 판타지 세상, 원더랜드'.

꿈과 환상이라는 건 내 손이 닿지 않는 곳, 내 세상 바깥에서 흘러가는 일들을 뜻하는지도 모른다. 세상 밖에서 흘러, 세상 안으로 들어와, 전혀 가늠할 수 없는 방향으로 변해 간다. 어디로 어떻게 움직일지 종잡을 수 없는 원더랜드의 놀이 기구처럼.

어느 틈에 나를 따라 나온 동생이 풍선을 들고 내 곁에 쪼그려 앉았다.

"오빠, 나 수술 받고 나으면 원더랜드 꼭 데려가."

"그래."

"그때 가서 딴소리 하기 없기다?"

"안 그래."

"원더랜드는 어땠어?"

나는 1번처럼 잘난 척 어깨를 으쓱하며 대답했다.

"별거 없어."

폐허를 딛고 살아가기 위하어

그런데, 여기도 서울이야? 인사동에서 출발해 남산을 내려와 코엑스에서 쇼핑을 마치고 노량진 수산 시장에서 광어회를 대접받은 미국인 친구가 말했다. 노량진 수산 시장의 콘크리트 옥상에서 노량진 역을 지나 학원가를 잇는 육교 위에서는 여의도 63빌딩이 손에 잡힐 듯 가까이 보인다. 짧은 구획을 지날 때마다 풍경이 극단적으로 바뀌는 서울이라는 도시에 대해 큰 나라에서 온 친구는 재미있어하는, 그러나 이해할 수 없다는 표정을 지었다.

서울은 변화의 속도가 사람들의 이해력을 한참 앞지르는 공간이다. 어린 시절을 보낸 건물은 추억을 되새길 나이가 되기도 전에 폐허가 되고, 그 폐허 위에 최신식 건물이 세워지고, 유행이 끝나기도 전에 또다시 폐허가 되기를 반복한다. 서울 시민들은 등하교길과 출퇴근길에 셀 수 없이 많은 공사와 재건축의 현장을 지나친다. 파괴와 재건이 무심히 반복되는 일상을 산다는 것. 그것은 전쟁의 한가운데서 사는 것이나 마찬가지다.

흔히 세대 간 단절이 사회 문제로 대두되지만, 현재의 대한민국을 이룩한 전쟁과 개발독재라는 강력한 집단 기억은 '고생을 모르는' 나의 세대와 그 이후 세대에게도 파괴와 재건이라는 형태로 전승되어 내려오고 있다. 과거는 현재와 단절되지 않았다. 다만 이해할 수 없을 뿐이다. 정확히는 과거와 현재를 이해하기도 전에 새로 배우고 알아야 하는 것들이 더 많다. 대학에 가면 알게 될 거라고, 직장에 다니면 알게 될 거라고, 만기 천만 원짜리 적금을 만들면 알게 될 거라고, 결혼을 하고 아이를 낳으면 알게 될 거라고, 어쨌거나 때가 오면 저절로 이해할 거라는 미심쩍은 말을 믿으며 불투명한 미래를 향해 전진해 갈 뿐이다.

그러나 간신히 만기 적금을 손에 넣은 지금도 여전히 나에게 세상은 이해할 수 없는 것투성이다. 이해하기 힘든 세상 속에서 나는 다만 추억을 담은 공간이 언제 또다시 폐허가 될까 두려워하며, 그 두려움만큼 그 유한한 공간과 시간에 애착을 갖게 되었다. 애착은 필연적으로 망상을 불러일으킨다. 소설은 그러한 망상의 부스러기다. 부스러기를 어줍게 모아 빚어낸 졸문에서 일말의 가능성을 발견해 주신 심사위원 선생님들께 깊은 감사를 드린다. 아울러 비룡소 편집부에도 마음으로부터 고마움을 전한다.

혼자서만 간직했던 망상을 사람들 앞에 공개한다는 건 부끄럽지만 가슴 벅찬 경험이다. 독자들에게 이 소설이 그간 이해하기 힘들었던 것을 조금씩 이해하게 되는 계기가 되기를 감히 바라고 있다. 또한 주된 독자가 될 청소년들에게 이 소설의 배경은 지금부터 약 삼십여 년 전의 서울임을 알린다. 이 소설이 지금 청소년들의 부모님 세대가 이십 대 청년, 대학생이었던 그 시대와 현재를 연결하는 고리가 될 수 있다면 기쁘겠다. 그리고 무엇보다도, 하품 나오는 대목보다는 재미있는 대목이 많은 소설이었기를 간절히 기도하는 바이다.

불안한 마음을 억누르고 과년한 딸을 지켜보아 주신 부모님께 감사드린다. 마지막으로 이 소설을 처음 구상하고 마무리하기까지 가장 큰 도움을 준 정재인 씨에게 마음으로부터 감사의 말을 전한다. 고마워요, 사랑합니다.

이진

블루픽션 69

1판 1쇄 펴냄	2012년 11월 9일
1판 7쇄 펴냄	2021년 7월 26일
지은이	이진
펴낸이	박상희
편집주간	박지은
편 집	장은혜
디자인	박진범
펴낸곳	(주)비룡소
출판등록	1994.3.17. (제16-849호)
주소	(06027) 서울시 강남구 도산대로1길 62 강남출판문화센터 4층
전화	영업 02)515-2000 편집 02)3443-4318,9
팩스	02)515-2007
홈페이지	www.bir.co.kr

제품명 어린이용 반양장 도서 제조자명 (주)비룡소 제조국명 대한민국 사용연령 3세 이상

ⓒ 이진, 2012. Printed in Seoul, Korea.

ISBN 978-89-491-2326-4 44810
      978-89-491-2053-9 (세트)

| 블루픽션 시리즈

1. 스켈리그 데이비드 알몬드 글/ 김연수 옮김
안데르센 상, 엘리너 파전 문학상, 카네기 상, 휘트브레드 상, 마이클 L.프린츠 상,
어린이도서연구회 권장 도서, 책교실 권장 도서, 중앙독서교육 추천 도서

2. 운하의 소녀 티에리 르냉 글/ 조현실 옮김
소르시에르 상, 어린이도서연구회 권장 도서

4. 0에서 10까지 사랑의 편지 수지 모건스턴 글/ 이정임 옮김
밀드레드 L. 배첼더 상, 어린이도서연구회 권장 도서

5. 희망의 섬 78번지 우리 오를레브 글/ 유혜경 옮김
안데르센 상 수상 작가, 밀드레드 L. 배첼더 상, 머더카이 상, 아침햇살 선정 좋은 어린이 책,
중앙독서교육 추천 도서, 책교실 권장 도서, 책따세 추천 도서

6. 뤽스 극장의 연인 자닌 테송 글/ 조현실 옮김
프랑스 '올해의 청소년 책', 소르시에르 상, 어린이도서연구회 권장 도서, 열린 어린이가 뽑은 좋은 책

7. 시인 X 엘리자베스 아체베도 글/ 황유원 옮김
카네기상, 내셔널 북 어워드, 마이클 L. 프린츠 상, 보스턴 글로브 혼 북 상, 골든 카이트 어워드,
아침독서 추천 도서

9. 이매지너리 프렌드 매튜 딕스 글/ 정회성 옮김

10. 초콜릿 전쟁 로버트 코마이어 글/ 안인희 옮김
미국 도서관 협회 선정 도서, 뉴욕타임스 선정 도서, 어린이도서연구회 권장 도서

11. 전갈의 아이 낸시 파머 글/ 백영미 옮김
뉴베리 상, 국제 도서 협회 선정 도서, 마이클 L. 프린츠 상, 책교실 권장 도서, 어린이도서연구회 권장 도서

13. 나의 산에서 진 C. 조지 글/ 김원구 옮김
뉴베리 상, 미국 도서관 협회 선정 도서, 어린이도서연구회 권장 도서,
열린 어린이가 뽑은 좋은 책, 책교실 권장 도서

15. 우리 형은 제시카 존 보인 글/ 정회성 옮김
줏대있는 어린이 추천 도서

17. 푸른 황무지 데이비드 알몬드 글/ 김연수 옮김
안데르센 상, 엘리너 파전 문학상, 스마티즈 상, 마이클 L.프린츠 상, 어린이도서연구회 권장 도서

18. 킬리만자로에서, 안녕 이옥수 글
학교도서관저널 추천 도서

20. 기억 전달자 로이스 로리 글/ 장은수 옮김
뉴베리 상, 보스턴 글로브 혼 북 명예상, 어린이도서연구회 권장 도서,
열린 어린이가 뽑은 좋은 책, 교보문고 추천 도서

22. 내 인생의 스프링캠프 정유정 글
세계청소년문학상, 문화관광부 교양 도서, 어린이도서연구회 권장 도서,
교보문고 추천 도서, 학도넷 추천 도서

23. 줄무늬 파자마를 입은 소년 존 보인 글/ 정회성 옮김
아일랜드 '오늘의 책', 행복한 아침독서 추천 도서, 교보문고 추천 도서

25. 파랑 채집가 로이스 로리 글/ 김옥수 옮김
어린이도서연구회 권장 도서

26. 하이킹 걸즈 김혜정 글
블루픽션상, 한국문화예술위원회 우수문학도서, 책따세 추천 도서, 학도넷 추천 도서

27. 지구 아이 최현주 글
제11회 블루픽션상 수상작

28. 나는 브라질로 간다 한정기 글
황금도깨비상 수상 작가, 소년조선일보 추천 도서, 중앙일보 추천 도서

29. 키싱 마이 라이프 이옥수 글
한국문화예술위원회 우수문학도서, 어린이도서연구회 권장 도서, 교보문고 추천 도서,
전국독서새물결모임 추천 도서, 학교도서관저널 추천 도서

30. 꼴찌들이 떴다! 양호문 글
블루픽션상, 행복한 아침독서 추천 도서, 교보문고 추천 도서, 책따세 추천 도서,
경기도학교도서관사서협의회 추천 도서, 중앙일보 북클럽 추천 도서

31. 우연한 빵집 김혜연 글
문학나눔 선정 도서, 학교도서관저널 추천 도서, 책따세 추천 도서, 아침독서 추천 도서,
어린이도서연구회 추천 도서

32. 생쥐와 인간 존 스타인벡 글/ 정영목 옮김
미국 도서관 협회 선정 도서, 국립어린이청소년도서관 추천 도서

33. 두 개의 달 위를 걷다 샤론 크리치 글/ 김영진 옮김
뉴베리 상, 미국 어린이 도서상, 스마티즈 북 상, 영국독서협회 상 수상작,
경기도학교도서관사서협의회 추천 도서, 학도넷 추천 도서

34. 침묵의 카드 게임 E. L. 코닉스버그 글/ 햇살과나무꾼 옮김
스쿨 라이브러리 저널 선정 최고의 책, 에드거 앨런 포 상 노미네이트,
경기도학교도서관사서협의회 추천 도서, 아침독서 추천 도서

35. 빅마우스 앤드 어글리걸 조이스 캐럴 오츠 글/ 조영학 옮김
스쿨 라이브러리 저널 선정 최고의 책, 미국 도서관 협회 선정 최고의 청소년 책,
뉴욕 공립 도서관 추천 도서, 학교도서관저널 추천 도서

36. 서쪽 마녀가 죽었다 나시키 가오 글/ 김미란 옮김
소학관 문학상, 일본 아동문학가협회 신인상, 한국간행물윤리위원회 청소년 권장 도서,
어린이도서연구회 권장 도서, 아침독서 추천 도서, 책따세 추천 도서

37. 닌자걸스 김혜정 글
전국학교도서관담당교사모임 추천 도서, 아침독서 추천 도서

38. 첫사랑의 이름 아모스 오즈 글/ 정회성 옮김
안데르센 상, 제브 상

39. 하니와 코코 최상희 글
블루픽션상, 사계절문학상 수상 작가, 학교도서관저널 추천 도서

⊙ 계속 출간됩니다.